HUBERT THURNHOFER

DAS TESTAMENT DES DAMIEN FIRST

AF140131

EIN KUNSTKRIMI

FSC
www.fsc.org
MIX
Papier aus ver-
antwortungsvollen
Quellen
Paper from
responsible sources
FSC® C105338

Bibliografische Information der Deutschen Nationalbibliothek:
Die Deutsche Nationalbibliothek verzeichnet diese Publikation in der
Deutschen Nationalbibliografie; detaillierte bibliografische Daten sind im
Internet über dnb.dnb.de abrufbar.

Hubert Thurnhofer
Das Testament des Damien First
Originalausgabe Edition Liaunigg, Wien, 2013
Taschenbuchausgabe:
© 2016, Text: Hubert Thurnhofer / www.thurnhofer.cc
© 2016, Grafiken und Titelbild: Ernst Zdrahal / www.zdrahal.at
Korrektur: Sigrid Strauß
Layout: Erich Liaunigg / www.edition-liaunigg.at
Herstellung und Verlag: BoD – Books on Demand, Norderstedt
ISBN: 978-3-7392-2240-0

Inhalt

Prolog

Zeitgenössische Kunst ist eher gut als schlecht.
Das impliziert, dass sie eher böse ist als gut.

Kapitel 1 – Die Einladung

Zu guter Letzt findet er unter seinem Poststapel noch eine Einladungskarte zur Ausstellungseröffnung mit dem mäßig originellen Titel „7 KünstlerInnen". Der Kommissar hat zwar Verständnis – eigentlich mehr Mitleid als Verständnis – mit den Kunstschaffenden, aber ER ist nun wirklich die falsche Adresse für solche Veranstaltungen. Hätte man André Heller seine künstlerische Hommage an den Fußball zur Eröffnung der EM in Wien nicht gestrichen – oder war das zur WM in Berlin gewesen? – egal jedenfalls das hätte er sich sicher angeschaut, zumindest im Fernsehen. Aber die meisten Künstler sind ja arme Schlucker, und so schauen auch ihre Werke aus. Von seiner Nichte, es muss jetzt bald ein Jahr sein, dass sie verschollen ist, hatte er auch immer wieder freundliche Einladungen zu Happenings aller Art bekommen. Als Entschuldigung dafür, dass er leider nicht kommen könne, war seine Arbeit hervorragend geeignet. „Happening à la c-ART" übertitelte sie alle ihre überlangen Konzeptpapiere und versah sie mit Untertiteln wie „Die Autobahn als Inszenierung zügelloser Freiheit" oder „Christi Himmelfahrtskommando" oder „Von Trinidad bis Trinität" oder „Die Ausstellung der Einstellung" oder „Einladung zur Ausladung". Daran erinnert sich Kommissar Werner Ohnesorg, der einige davon in seiner unsystematischen Unterlagensammlung zum Fall seiner Nichte Maria Wonderland abgelegt hat. Ein Fall, der eigentlich gar kein Fall ist, zumindest keiner, der in seine Zuständigkeit fällt, denn ein Leichnam ist nie gefunden worden. Wahrscheinlich lebt Maria heute in einem Kibbuz in Israel, vielleicht in einem Ashram in Indien oder in einem pakistanischen Lager der Taliban, nein, das sicher nicht, für Gewalt war sie nie zu haben, auch wenn ihre polemischen Schriften immer voll revolutionärer Rhetorik waren. *Revolutionsrhetorik ja, aber Revolution mit Gewalt und Totschlag nein, entschieden nein!* So sinniert Ohnesorg über Mary, wie sie im Familienkreis gerufen wurde, während er an einem Strohhalm saugt, der in einem Kakaopackerl steckt. Er trinkt seinen Kakao aus, wirft das leere Packerl in den Mistkübel – und die Einladungskarte hinterher.

Zur gleichen Zeit – die Postzustellung in österreichischen Amts- und Regierungsstuben läuft offenbar nach einem geheimen Masterplan synchron ab – bringt die Parlamentsmitarbeiterin ihrem Chef die Post ins Büro.

Dem Exkanzler, der als Kunstkanzler auch die Agenden der Kultur in seinem Portfolio hatte, fällt eine Einladungskarte auf den Boden, während er nach dem Poststapel greift. „Was Wichtiges dabei?", fragt der Ex, dessen Name in die Gebärdensprache mit dem Zeichen für „Schüsserl" übersetzt wird, obwohl er in Wirklichkeit Wilhelm Weidling heißt.

„Das Übliche", erwidert seine Assistentin beim Hinausgehen, was Willi Weidling nicht mehr registriert, aber ohnehin längst weiß.

Seit er in die zweite Reihe abgeschoben worden ist, gelangt nichts Brisantes mehr zu ihm. Eine Laudatio da, ein Vortrag dort, aber nichts wirklich Wichtiges, sondern bestenfalls das Übliche. Und üblich ist heute sogar schon, dass Bezirksparteisekretäre anfragen, ob ER als Kultursprecher der Partei in Kikerichspatschen die Ausstellung des in Kikerichspatschen vielgerühmten Künstlers Hofrat Direktor Sowieso eröffnen könne oder ob ER in Patschneukirchen die Ausstellung der Gemahlin des Gemeindearztes, der ja in Patschneukirchen seit nunmehr 25 Jahren auch als Gesundheitsreferent für die Partei außerordentliche ... und so weiter und so fort und ohne Ende ...

Die Schmalseite der Karte, schwarzer Hintergrund, blutrote Schrift, nestelt Willi Weidling behutsam mit seinem rechten Fuß an den Rand des dicken Webteppichs, der direkt unter seiner Schreibtischkante endet. Mit einem kurzen, gezielten Tritt auf die Kartenkante, die nur ein klein wenig über den Teppichrand hinausragt, wirbelt er das Ding in die Höhe. *Ein gekonntes Ferserl!,* freut sich der Exkanzler und schnappt mit seiner Rechten genau auf Höhe der Tischkante lässig nach der Karte. *Vom Königshofer,* sagt ihm ein kurzer Blick auf das Logo „der Kunstraum". Dabei verzieht er keine Miene, obwohl er innerlich stöhnt, da ihm allein bei dem Gedanken an Königshofer das G'impfte aufgeht. Der Königshofer bombardierte ihn mit Einladungen, als er noch Kunstkanzler war, lud ihn aber nie ein, um eine Ausstellung zu eröffnen. Später erhielt er spitze E-Mails, mal mit dem Hinweis, die vom Kunstkanzler beauftragte Kunstmarktstudie des WIFO sei keinen Cent wert, mal mit der Unterstellung, die Kunstpolitik der Regierung sei ignorant, mal mit dem Vorwurf, die steuerliche Absetzbarkeit von Kunst scheitere am Desinteresse des Kanzlers. Zuletzt kam es gar zu einer Klage gegen das Kunstministerium wegen eines angeblichen Verstoßes gegen das Objektivierungsgesetz bei der Besetzung des Rektors der Akademie der Bildenden Künste. Als Klägerin trat eine gewisse Maria Wonderland auf, aber dahinter stand natürlich wieder Königshofer. *Wonderland träumt vom Wunderland am Schillerplatz, und Königshofer sieht sich als Königsmacher, der mit einem Bataillon von Juristen aufmarschiert, um seine eigenen Interessen durchzusetzen. Lächerlich! Mit dem amtlichen Objektivierungsverfahren haben wir noch immer unsere objektiven Interessen durchgesetzt.* Der Exkanzler erinnert sich nun als einfacher Abgeordneter an bessere Zeiten und wirft einen letzten Blick auf die Karte: „7 KünstlerInnen". *Dem Königshofer fällt auch nichts mehr ein,* konstatiert er und wirft die Karte, genau wie längst alle anderen Einladungskarten, in den Papierkorb.

Emilie Wonderland kommt spätabends aus dem Schrebergarten in ihre Wohnung. Das Postfach lässt sich fast nicht öffnen, weil die Post von zwei Wochen festgequetscht wie ein Ziegel im Fach klemmt. Seit dem Verschwinden von Mary lebt sie im Schrebergartenhäuschen, hat die Wohnung vermietet, nicht offiziell, es ist ja immerhin eine Gemeindewohnung, aber der Sohn einer Freundin studiert jetzt in Wien, und so hat sich das günstig ergeben. Da sie jetzt nicht mehr oft in die Stadt fahren muss, weil sie gesundheitsbedingt in Frühpension entlassen wurde, und nicht mehr in die Stadt fahren will, weil in ihrer Wohnung immer wieder die Erinnerung an den letzten Abschied von Mary aufbricht wie die Magengeschwüre, die sie seit vielen Monaten plagen, kommt sie nur noch hin und wieder her, um nach dem Rechten zu sehen. Vorzimmer, Küche, Wohnzimmer, alles so, wie sie es vor gut zwei Wochen zurückgelassen hat. Eigentlich ein Wunder, angesichts der Tatsache, dass in der einst sichersten Großstadt der Welt täglich dreißig Wohnungen von Einbrecherbanden ausgeräumt werden. Ein kurzer Blick ins Kinderzimmer. Kinderzimmer, tja, das wird's wohl ewig bleiben. Mehr als zehn Sekunden hält sie den Anblick nicht aus. Ihr eigenes Schlafzimmer betritt sie nicht, das fungiert jetzt als Studentenbude, Zutritt tabu! Sie lässt sich auf das Sofa fallen und den Poststapel auf das Sofatischchen, legt die Füße hoch, setzt sich nach einer Verschnaufpause aber nochmals auf und schaut mechanisch die Post durch. Werbung, Postwurfsendungen – *wer braucht den ganzen Mist, gibt's wirklich Leute, die das lesen?* Emilie nimmt jede Postwurfsendung nur in die Hand, um sie umzudrehen und in den Papierkorb zu befördern. Es könnte sich ja irgendein wichtiger Brief dazwischengeschoben haben. Irgendein wichtiger Brief? Sie denkt dabei nur an einen Brief, den Brief ihrer Tochter Mary, auf den sie seit einem Jahr wartet, in der Hoffnung, Mary sei nichts zugestoßen, sie sei bloß verreist, um ein neues Projekt zu realisieren, und werde schreiben, sobald ihr Projekt finalisiert sei und sie ihre Rückkehr ankündigen könne. Denn Mary schreibt nie ohne Grund, nicht ohne konkreten Inhalt, nur um mitzuteilen: „Mir geht es gut, das Wetter ist schön, bla, bla, bla ..." Nie hätte sie gesagt, ihr würde es gutgehen, allzu sehr hatte sie zu kämpfen, auch wenn ihre Projekte gelangen und sie Finanzierungen aufstellen konnte für die Realisierung ihrer Konzepte, es blieb doch stets eine Gratwanderung, näher am Abgrund als auf festem Untergrund. *Wenn sie sich meldet, wird sie mich darüber informieren, was Sache ist, wo sie ist, wann sie kommt.* So ist Emilie es von Mary gewohnt. Postwurfsendungen, SPAR, BILLA, SPAR, bauMax, Bezirkszeitung, Zielpunkt, IKEA-Katalog, Bezirksjournal, ZGONC ... Emilie nimmt den ganzen Stapel, um ihn über das Tischchen in den Papierkorb zu befördern. Da rutscht eine Karte heraus, schwarzer Untergrund, blutrote Schrift: „7 KünstlerInnen". Sie legt das ganze Paket nochmals auf dem Tischchen ab und dreht die Karte um. Wie mit Adleraugen erfasst sie in den kleingedruckten Ausführungen einen einzigen Namen: Maria Wonderland. Ein Stich geht ihr durch Herz und Magen. Natürlich weiß sie, dass Marys Galerist Hugo Königshofer noch Arbeiten von ihr im Depot hat. Königshofer hat Emilie nach dem Verschwinden von Mary auch mehrfach besucht und ihr so weit wie möglich geholfen. Aber wer könnte denn einer Mutter in so einer Situation wirklich helfen? Auch Königshofer hat keine Erklärung für das plötzliche Verschwinden und keine Ahnung, wo sie sein könnte. *Aber offenbar weiß er mehr, als er mir bis zuletzt verraten hat,* denkt Emilie, die nicht glauben kann, was hier Rot auf Schwarz geschrieben steht: „Alle ausgestellten Künstler sind persönlich anwesend."

Computer eingeschaltet, zurück ins Foyer zum Kaffeeautomaten, der, sind die Bohnen frisch gemahlen, überraschend guten Kaffee fabriziert, zurück zum Schreibtisch, wo das Betriebssystem endlich hochgefahren ist, Mailbox geöffnet und auf IN geklickt. So, jetzt in aller Ruhe eine Tasse Caffè Latte schlürfen, dazu ein Schokokeks, die Zeitungen überfliegen, nicht die eigene, die er schon gestern Abend zwei Stunden nach Redaktionsschluss als PDF durchgesehen hat, sondern die der Mitbewerber, und nebenbei warten, bis 150 oder sogar 250 E-Mails heruntergeladen sind. Das meiste natürlich Spam, aber als Redakteur kann man sich über unerwünschte Einladungen nicht aufregen, es könnte ja unter den 250 E-Mails doch eine dabei sein, in der eine wichtige Mitteilung steckt. Egal, mittlerweile hat sich Franz Weichhart eine Technik angeeignet, mit der er in Sekundenbruchteilen entscheiden kann, ob eine Nachricht relevant oder irrelevant ist. Delete. Delete, Delete, Delete, Delete ... Dem Tempo zum Löschen der E-Mails setzt nur die Mechanik der Computertastatur, insbesondere der Löschtaste, ihre natürlichen Grenzen. Sieben E-Mails pro Sekunde, ohne eine relevante im virtuellen Papierkorb zu versenken, das hat Kollegin Kathi Stich einmal gestoppt. *Plus/minus 35 Sekunden für 250 Mails. So viel Zeit muss sein!* Der routinierte Journalist spielt gern den Stoiker, solange es nicht wirklich heiß hergeht. Irgendwo zwischen der fünfzigsten und siebzigsten E-Mail bleibt Weichhart diesmal länger als eine Zehntelsekunde hängen. Subject: „Damien First exklusiv in Wien!"

Ha, denkt Weichhart, der nicht zufällig nach 15 Jahren als Freelancer die Nachfolge des legendären Fritz Freier als Kulturressortleiter der Tagespresse angetreten hatte, sondern allein deshalb, weil ER der Einzige war und ist, der von der neuen Musik über die Gegenwartsliteratur bis zur zeitgenössischen Kunst das komplette Spektrum der österreichischen und internationalen Kultur abdeckt. *Scherz lass nach! Jetzt sind die PR-Heinis nicht einmal mehr imstande, Namen richtig zu schreiben,* denkt Weichhart, fährt aber dann doch mit dem Mauscursor auf die Betreffzeile, um mit Doppelklick die E-Mail zu öffnen. *Klaro,* das hätte er sich gleich denken können. Eine Einladung von Königshofer. Eines muss man dem überehrgeizigen

Galeristen ja lassen: Er lässt keinen PR-Schmäh aus, um Aufmerksamkeit zu erregen.

Vor ein, zwei Jahren hatte er es mit ,Hrdlicka' versucht. „Hrdlicka exklusiv im Kunstraum" lautete sein Lockruf. Weiß doch wirklich jedes Kind, dass Hrdlicka bei Karl Gigler exklusiv unter Vertrag steht! Und tatsächlich war die Ausstellung im Kunstraum keine Präsentation von Alfred Hrdlicka, dem letzten Herkules der österreichischen Bildhauerkunst, sondern eine mittelmäßige Schau von Grafiken und Entwürfen des weithin unbekannten Architekten Heinrich R. Hrdlicka. Das einzige Bauwerk von Hrdlicka war der Wiener Südbahnhof, und der ist mittlerweile ohne jeglichen Protest oder Widerstand der Kulturschickeria abgerissen worden, um dem neuen Zentralbahnhof Platz zu machen. Heinrich R. Hrdlicka ist irgendwie sogar verwandt mit DEM Hrdlicka, aber dafür interessiert sich nun wirklich kein Mensch in Österreich, vielleicht die Seitenblicke, aber sicher nicht die Leser der Tagespresse.

Was führt der Königshofer nun mit Damien Hirst im Schilde? Leitfigur der Young British Artists, Gründer der Kunstmesse Freeze und zuletzt die sensationelle Auktion bei Sotheby's. Weichhart liest den letzten Absatz der Pressemitteilung: „Als Kurator zeigt Damien First erstmals ,7 KünstlerInnen' in einer noch nie dagewesenen Art und Weise, die ihre einzigartige Stellung in der Kunstgeschichte untermauert. Unter den Künstlern finden sich Maria Wonderland, Alfred Castor ..." Also kein Tippfehler, ist der Routinier nun überzeugt, da hat sich die mäßig erfolgreiche Konzeptualistin Wonderland wieder einmal auf wunderliche Weise verwandelt, ein neues Pseudonym, netter Versuch, immerhin witzig, na ja, bemüht witzig. Und tschüss! Delete. Delete, Delete, Delete ...

„Sehr geehrte Frau Stich! Nach Ihren Interviews, die Sie mit mir vor knapp einem Jahr nach dem spurlosen Verschwinden von Maria Wonderland geführt haben, kann ich Ihnen nun vielleicht helfen, die Spur wieder aufzunehmen. Der Kunstraum wird bei der nächsten Vernissage sieben Künstler ausstellen, die auch alle persönlich anwesend sein werden, unter ihnen Maria Wonderland. Ich kann Ihnen nicht versprechen, dass Maria Ihnen die gewünschten Auskünfte geben wird, und weiß auch nicht, ob sie überhaupt bereit sein wird, zu sprechen, aber ich kann Ihnen garantieren, dass Maria persönlich anwesend sein wird. Jedenfalls freuen wir uns auf Ihr Kommen! Mit besten Grüßen", liest Kathrin Stich die soeben eingelaufene E-Mail des Galeristen Hugo Königshofer. Also war ihr unerklärliches Verschwinden auch nur ein Happening, ein wohlkalkulierter PR-Schmäh, denkt die Reporterin, die immerhin den Millionenbetrüger Mike Elster an der Costa del Sol aufgespürt hatte. Damit hat sie sich in der ganzen Branche einen Namen gemacht und jetzt so ein Reinfall! Darüber wird sich das Kulturressort lustig machen, von den anderen Medien gar nicht zu reden!

Meinetwegen! Die Reporterin fackelt nicht lange und schreibt ihrem Kollegen Weichhart: „Lieber Franzi! Das Phantom des Kunstraums ist wieder da. Ich habe vor einem Jahr über das Verschwinden von M. W. recherchiert. Ohne Erfolg ;-) Wie sich jetzt rausstellt, war's offenbar nur ein künstlerisches Häppyning, oder wie Ihr das so nennt. Jedenfalls kein Thema mehr für mein Ressort. Falls dich meine damaligen Recherchen interessieren, schick ich dir meine Aufzeichnungen als PDF. Kate." Und Forward. Und Tschüss!

Kapitel 2 – Die Vernissage

„Es tut mir leid! Ich kann nichts machen. Bitte haben Sie etwas Geduld, ich bin sicher, er wird bald kommen", entschuldigt sich die Galeristin bei den wartenden Gästen vor dem verschlossenen Eingang zur Galerie „der Kunstraum". Es ist zehn vor sieben Uhr, und Hugo Königshofer steckt möglicherweise im Stau irgendwo zwischen Baden und Wien. Seine Frau Larissa – sie trägt wie immer zeitlos mondäne Kleidung, die ihre schlanke Linie betont, heute ganz in Schwarz – bemüht sich mit wachsender Nervosität, Hugo auf dem Handy zu erreichen. Vergeblich. „Bitte warten Sie ein paar Minuten, ich versuche, vom Centermanager einen Schlüssel zu bekommen", versucht die ansonsten immer coole Galeristin, ihre Nervosität zu verbergen. Vor dem Kunstraum, der sich im Obergeschoss des noblen Einkaufszentrums neben der Oper befindet, haben sich mittlerweile fünfzig bis sechzig Vernissagegäste eingefunden. Unter ihnen die Society-Lady Fiona Pacifico Griffini-Grasser und ihre Busenfreundin Ofina Atlantico Grassini-Griffel. Manche, viele, fast alle kennen einander und stellen Vermutungen an, was mit Königshofer passiert sein könnte. Auffällig, einige orakeln „verdächtig", dass ein schwerer, schwarzer Vorhang die breite, sonst offene und einladende Glasfront der Galerie verdeckt. Kein noch so kleiner Spalt gibt einen Blick frei in das Innere der Galerie.

Punkt sieben Uhr hört man ein kurzes Rütteln an der Glastür und sieht unter dem Vorhang eine Hand, die den Schlüssel in das Schlüsselloch schiebt, zweimal dreht, dann die Tür nach innen zieht und dabei den Vorhang an der Tür vorbeischiebt. Wie Deus ex Machina löst sich Königshofer aus den Vorhängen und bleibt vor der Tür im Foyer des Einkaufszentrums stehen. Mit den Worten „Servus, guten Abend, grüß Gott, servus, freut mich, servus ..." schüttelt der Galerist jenen Gästen die Hand, die zufällig dem Eingang am nächsten stehen, und erhebt dann die Stimme: „Entschuldigen Sie die Wartezeit, bitte einzeln eintreten, nicht drängeln, lasst euch Zeit!"

Der Reihe nach verschwinden die Gäste hinter dem Vorhang.

Königshofer ist diesmal von Kopf bis Fuß in Schwarz gekleidet, obwohl er sonst eher graubraune Töne und gelbe oder beige Krawatten bevorzugt, sogar eine dicke schwarze Brille hat er auf, obwohl man ihn sonst nur mit Randlosbrillen sieht. Er achtet darauf, dass jeder Gast ein paar Sekunden Zeit bekommt, bevor der nächste durch den Vorhang in den Kunstraum eintaucht.

„Entschuldigen Sie, die U-Bahn ist 30 Minuten gestanden, offenbar schon wieder ein Selbstmord auf der Linie U4." Eine Dame, deren Alter schwer einzuschätzen ist, läuft zwanzig Minuten später atemlos die Stiege zur Galerie herauf und streckt Königshofer die Hand entgegen.

„Kein Problem, freut mich, dass Sie da sind, wir haben noch nicht richtig angefangen", beruhigt sie der Galerist, „wir warten noch auf ..."

„Wo ist Mary?", unterbricht ihn die Mutter der Künstlerin Maria Wonderland und ärgert sich, dass sie nicht schon zwei Stunden früher losgefahren ist, um vor der Ausstellung wenigstens ein paar Minuten in Ruhe mit Mary ...

„Kommen Sie, trinken Sie zunächst ein Gläschen!", vermeidet der Galerist eine direkte Antwort und schiebt Emilie Wonderland durch den Vorhang in die Galerie.

Die 200 Quadratmeter große Galerie, sonst ein hell erleuchteter, hoher, weißer Kubus, ist komplett schwarz gestrichen, und nur sieben Grablichter, die vor riesigen Glasobjekten stehen, spenden mit ihren kleinen Funzeln gerade so viel Licht, dass die Besucher nicht aneinanderstoßen oder gar über die zerbrechlichen Kunstwerke stolpern.

Königshofer nimmt Frau Wonderland am Arm und zieht sie am Publikum vorbei bis zum Buffet, schenkt ihr ein Gläschen Prosecco ein, nimmt ein zweites Glas, das er leer lässt, greift sich ein Messer, das neben der Schüssel mit den Brotaufstrichen liegt, und bringt damit sein Glas zum Klingen. Die hellen Klänge übertönen das dumpfe Gebrabbel, das den Galerieraum füllt, und erzielen schnell die gewünschte Wirkung: Stille.

„Liebe Freunde und Gäste der Galerie", hebt Königshofer an und füllt allein mit seinem Bassbariton, ohne künstliche Unterstützung von Mikro und Verstärker, den großen Raum. „Stille, ja sogar Grabesstille ist heute durchaus angebracht."

Beim Stichwort „Grabesstille" schaltet eine unsichtbare Hand das Licht ein. Plötzlich steht jedes der sieben Glasobjekte von einem eng fokussierenden Strahler beleuchtet, gut sichtbar im Raum, so als würde von innen heraus das Licht erstrahlen.

Gleichzeitig setzt das Murmeln des Vernissagepublikums wieder ein, genau 95 Besucher hat Königshofer bis zum Eintreffen von Emilie Wonderland gezählt, ein „Buh", ein „Wa", ein „Na, des gibt's ned!" übertönen den mittleren Schallpegel, und irgendwo hinten ist ein krächzendes, fast hysterisches Kichern zu vernehmen. Die sieben Glasobjekte erweisen sich als überdimensionierte Glasampullen mit einem Durchmesser von einem halben Meter und einer Höhe von fast zwei Metern. Der Wiener kennt solche Gläser aus dem pathologisch-anatomischen Museum, im Volksmund „Narrenturm". Allerdings sind im Narrenturm meist nur einzelne Organe in Gläsern unterschiedlicher Größe als Feuchtpräparate für die Ewigkeit aufbewahrt, Lungen, Nieren, Herzen und Hirne, konserviert in Formalin. Auch Embryonen und rachitische, früh verstorbene Kinder finden sich bis heute in der Kuriositätenkammer des Narrenturms.

Aber hier, im Kunstraum, schwimmen sieben ausgewachsene Menschen, vier Männer und drei Frauen, in sieben Glaszylindern. Nackt, wie Gott sie geschaffen und ein Konservator sie für die Ewigkeit präpariert hat. Ein Konservator? Wohl eher ein Perverser, zumindest ein Wahnsinniger!

Königshofer wartet die ersten Reaktionen ab und bringt dann mit drei kurzen, messerscharfen Schlägen an sein Sektglas das Publikum wieder zum Schweigen. „Zunächst muss ich den Kurator Damien First, der aufgrund seiner internationalen Verpflichtungen leider nicht selbst zur Eröffnung kommen konnte, entschuldigen. Damien First hat sein Konzept folgendermaßen auf den Punkt gebracht. Ich zitiere: Erstmals in der Kunstgeschichte findet hier im Kunstraum eine Ausstellung statt, in der die ausstellenden Künstler mit den ausgestellten

Künstlern identisch sind. Ich darf Ihnen die sieben Künstler der Ausstellung vorstellen: Alfred Castor, Igor Leonski, Tony Kuss, Ernest Stradal, Wonda McQueen, Marina Besrodnych und ...‟

Das Klirren mehrerer Sektgläser unterbricht die Rede des Galeristen. Eine ältere Dame lässt ihr Glas zu Boden fallen. Sie knickt auf einem Bein ein, fällt pirouettenartig nach hinten, reißt dabei die Gläser der Gäste, die direkt hinter ihr stehen, mit zu Boden und nur jene, die sich unmittelbar neben ihr befinden, können hören, wie sie fast lautlos einen Namen haucht: „Mary!‟

Die der Dame am nächsten Stehenden blicken nun auf ein kreidebleiches Gesicht, bedeckt von hellen, grauen Haarsträhnen. Ein schlanker Mann drängelt sich durch die Menge, kniet neben der Frau nieder, fühlt ihren Puls an der Halsschlagader und greift sofort zum Handy, um den Notruf zu wählen. „Machen Sie Platz, machen Sie ein Fenster auf, sie braucht frische Luft!‟, versucht er, die Menge auseinanderzutreiben. Rund um die Dame bildet sich ein kleiner Kreis, der wie ein Schutzwall die drängenden Schaulustigen in sicherem Abstand hält.

Indessen wird das allgemeine Gebrabbel der Menge lauter und lauter. Der Lärmpegel wird bald unerträglich, denn einzelne Stimmen möchten sich allgemeines Gehör verschaffen: „Die Emilie Wonderland!‟

„Die Mutter von der Mary!‟

„Wos is?‟

„Schau her!‟

„Wo denn?‟

„Wo ist die Mary?‟

„Wie kommt der Tony da her?‟

„Da Freeedii!‟

„Schau, der Tony!‟

„Wonda McQueen, die war doch erst ...!‟

„Ernest! Hat wer den Ernest gesehen?‟

„Wen?‟

„Den Stradal!"

„Dooo!"

„Das gibt's ja nicht!"

„Leonski, der Leonski!"

„Garantiert, schau auf das Messingschild! Weiter unten!"

„Marina!"

„Die Wonda, die mit Mary in Dings ausgestellt hat!"

„Wann?"

„Des gibt's need!"

„Wahnsinn!"

„Marina, ja, Marina Besrodnych, na bitte!"

„Blödsinn!"

„Lies selbst! Maria Wonderland, schauts euch das an!"

„Irrsinn! Ein Wahnsinniger!"

„Der muss ja …"

„Kuss!"

„Bist blöd?"

„Na, der Tony Kuss!"

„Wo?"

„Wie kommt der Alfred Castor?"

„Wie kommt wer?"

„Echt stark, der Kuss!"

„Wer? Nein!"

„Schau selber!"

„Machts mehr Licht!"

„Polizei!!"

„Polizeiiii!!" Der zum zweiten Mal aufheulende, schrille Schrei von Ofina Atlantico Grassini-Griffel, der als leicht hysterisch bekannten Busenfreundin der prominentesten Society-Lady Wiens, durchdringt die Menschenmenge und bringt diese zum Verstummen.

Nur wenige Minuten später schieben zwei Rettungsmänner mit einer Tragbahre den Vorhang beim Eingang beiseite, hinter ihnen der Notarzt. Wie auf Kommando treten die Leute zurück und geben den Weg frei zu jener Frau, die den Tumult ausgelöst hat. Offenbar hat der schrille Schrei sogar Emilie Wonderland aus ihrer Ohnmacht geweckt. Sie schaut auf, sieht über sich und rundherum starre, verwunderte, verstörte Blicke und hört den Notarzt mit den obligaten Fragen:

„Können Sie mich hören? Was ist passiert?"

„Es is nix", haucht sie mehr, als dass sie es ausspricht.

„Wie bitte?"

„Es ... ist ... nichts", betont sie nun jedes Wort. „Die Mary. Wo ist die Mary? ... Helfen Sie mir auf!"

„Bleiben Sie liegen, bis wir ..."

„Nein, ich will aufstehen!", sagt sie plötzlich sehr bestimmt, so dass ihr der Notarzt und der Mann, der ihr Erste Hilfe geleistet hat, ohne Widerspruch unter die Arme greifen und auf die Beine helfen. Emilie Wonderland macht nur zwei Schritte bis zu dem Glaszylinder, vor dem sie zusammengebrochen ist, schaut ungläubig, aber bestimmt auf die Person, die nackt vor ihr scheinbar schwerelos in Formaldehyd schwebt: Den Kopf leicht nach vorn geneigt, die Augen offen, was den Anblick fast unerträglich macht, die rechte Hand auf der linken Schulter, die linke Hand hinter den Kopf gelegt, schwimmt sie in diesem monströsen Glasobjekt. Es ist tatsächlich die Person, die sie erkannt hatte, bevor sie in Ohnmacht gefallen war: „Die Mary. Ja, das ist sie. Die Mary! Wer war das ...? Das muss ... Kann ich telefonieren, hat wer ein Handy?"

Bereitwillig reicht ihr der Notarzt sein Handy.

Exakt sieben Minuten später ist Kommissar Werner Ohnesorg vor Ort. Weit hat er es ja nicht, denn er war um diese Zeit, so wie üblich, noch in seinem Büro in der Landesgerichtsstraße. So trifft er um zehn nach acht Uhr dort ein, wo ein wahrscheinlich perverser Serienmörder seine Gräueltaten zur Schau gestellt hat. Manches hat er nach dem Verschwinden seiner Nichte erwartet, aber so etwas hätte er sich in seinen wildesten Fantasien nicht ausmalen können. Wahrscheinlich deshalb, weil seine Fantasien kaum an die Fakten heranreichen, die er im Laufe seines langen Berufslebens mit eigenen Augen gesehen und in allen Details untersucht hat. Er braucht nicht lange, um zu erkennen, dass die Angaben der Frau, die ihn alarmiert hat, richtig sind. Da steht oder vielmehr schwebt seine

Nichte in einem zylindrischen Glasgefäß, ihre markante Nase, ihre Tätowierung, die sich wie eine Perlenkette um ihren Hals legt, und da ist sogar die lange Brandwunde auf dem linken Unterarm – jeder Zweifel ist ausgeschlossen.

Emilie Wonderland, die Schwester des Kommissars, steht blass neben ihm. Ohnesorg merkt, dass sie wieder einzuknicken droht, und legt seinen rechten Arm fest um ihre Schultern. Obwohl er auch schockiert, vielleicht sogar geschockt ist, leitet der Kommissar routinemäßig die Maßnahmen ein, die in so einem Fall eingeleitet werden müssen. „Sperren Sie die Galerie, kein Besucher verlässt den Raum, bis wir alle Daten aufgenommen haben, und rufen Sie die Spurensicherung!", sagt Ohnesorg zu den beiden Uniformierten, die ihn begleitet haben.

„Wo ist denn der Eigentümer dieser Galerie", wendet sich der Kommissar nach Durchführung aller Sofortmaßnahmen an den nächststehenden Besucher dieser absonderlichen Vernissage.

„Der Königshofer", erwidert dieser, ohne damit die Frage zu beantworten.

„Ja, der Königshofer! Wo ist der Königshofer?"

Diese Frage entfesselt wie ein Kommando wieder die Stimmen der Menge, die seit Eintreffen des Kommissars stumm den Ereignissen gefolgt war:

„Hat wer den Hugo gesehen?"

„Und die Larissa. Wo ist Larissa?"

„Der Hugo ist weg."

„Hat wer den Königshofer ...?"

„Wann? Wo?"

„Nein, warum?"

„Er war ja gerade noch ..."

„Na, aber das ist doch!"

„Larissa!"

„Hugo!"

Aus dem Stimmenwirrwarr kristallisiert sich für den Kommissar eine klare Aussage heraus: „Sie sind weg. Spurlos verschwunden!"

Kapitel 3 – Das Galeristenpaar

Werner Ohnesorg sackt in seinen Schreibtischsessel. Bis Mitternacht arbeiten, kein Problem, aber um acht Uhr in der Früh beginnen, das bedeutet Strafverschärfung. Aus seiner schwarzledernen Aktentasche nimmt er das Diktiergerät, die handliche Digicam und ein Tetrapak. Er zupft den Plastikhalm von der Verpackung, durchsticht damit das Jungfernhäutchen und schlürft den kalten Kakao. Eine Gewohnheit, die er seit seiner ersten Volksschulklasse zu einem täglichen Ritual gemacht hat. Allerdings war damals das Packerl pyramidenförmig, oft genug zerquetscht in der Schultasche, gänzlich oder teilweise ausgeronnen, bevor er es unter der Schulbank verstauen konnte. Heute ist es ein schlanker Kubus, der in jeden Aktenkoffer passt. Und er muss heute den Kakao nicht mehr unter der Schulbank vor den Augen der Lehrerin verstecken, sondern kann ihn ganz unbesorgt auf seinem Schreibtisch platzieren.

Ohnesorg schaut sich nochmals die Einladungskarte an, die er einem Besucher am Vorabend abgenommen hat. Dass Mary auf der Karte erwähnt wird, ist ihm zunächst nicht aufgefallen, sonst hätte er die Einladung natürlich nicht weggeworfen, als sie kürzlich in seiner Post lag. Dass sich eine harmlose Formulierung als makabrer Scherz entpuppt, konnte er damals auch nicht ahnen: „Alle ausgestellten Künstler sind persönlich anwesend." An Alfred Castor, Tony Kuss und Ernest Stradal erinnert sich der Kommissar. Die drei Künstler waren bei den wenigen Happenings von Mary, die er widerwillig besuchte, immer dabei, als Besucher, manchmal sogar als Assistenten.

Von Marina Besrodnych hat der Kommissar einige Fotos in seinen Unterlagen. Die Künstlerin mit russischen Wurzeln und den auffälligen wasserstoffblonden, langen Haaren war wohl auch bei der einen oder anderen Ausstellung von Mary zugegen. Igor Leonski lebt oder lebte in Moskau, Wonda McQueen in London. Das haben die Polizeibeamten am Abend bei ihren Befragungen des illustren Publikums herausgefunden.

Ohnesorg vertieft sich in den Inhalt der Einladung, um allfällige weitere Andeutungen zu dechiffrieren: Wer versteckt sich hinter dem „Kurator Damien First"? Der Hinweis „Mit Unterstützung des

Sammlers Wowa Rasputin" hätte ihm auch schon früher zu denken geben müssen.

Der Kommissar greift zum Telefonhörer. „Im Fall ‚Kunstraum' bezüglich McQueen, Besrodnych und Leonski Adressen, Verwandte, Freunde ausfindig machen! Wir brauchen heute noch Informationen über den Verbleib der Künstler in den vergangenen Wochen und Tagen. Ich benötige auch aktuelle Infos über den Sammler Wowa Rasputin, scheint ein Russe zu sein. Details über seine Kunstsammlung, internationale Aktivitäten, Österreich-Connections und so weiter. Und schauen Sie, was sich zu Damien First findet und ob der was mit Damien Hirst zu tun hat!", trägt Ohnesorg dem Inspektor am anderen Ende der Leitung auf und beendet das Telefonat ohne weitere Freundlichkeitsfloskeln. Dann ruft er auf seiner Digicam die Fotos ab, die er am Vorabend im Kunstraum geschossen hat. *„Fotos schießen", der Ausdruck entspricht auch nicht dem, was man heute unter „political correctness" versteht. Man sollte besser sagen: die Realität virtualisieren,* denkt der Kommissar und verharrt beim Foto der in Formalin schwimmenden Maria. Irgendwie erinnert ihn ihr Gesichtsausdruck an das Lächeln der Gioconda. Auch die Gesichter der anderen Präparate scheinen verschmitzt zu lächeln. Alle drei Künstlerinnen haben starke Ähnlichkeit miteinander, insbesondere in den Mundpartien. Die langen, blonden Haare der Besrodnych bedecken ihren opulenten Busen, während die schwarzen Haare von McQueen zu einem Knoten gebunden sind und den Blick freigeben auf das, was von ihren Brüsten offenbar nach einer Brustkrebsoperation übrig geblieben ist. Markante Narben fallen dem Kommissar auch bei Kuss und Stradal auf, so wie er sie aus den Untersuchungen der Pathologen kennt, irgendwo in der Gegend von Niere und Leber. Noch größer, und offenbar relativ frisch, verläuft eine Schnittwunde vertikal über den Brustkorb von Castor. Bei Leonski dagegen sind keinerlei Spuren von Fremdeinwirkungen zu sehen. Die Künstlerinnen dürften wohl im gleichen Alter wie Maria sein, während die Künstler offenbar im Alter von plus/minus sechzig ins Jenseits befördert wurden. Die Körper der Künstlerinnen und Künstler weisen eine Gemeinsamkeit auf: Alle haben eine Tätowierung mit der Unterschrift „First", die meisten auf dem Unterarm, bei Maria Wonderland wie ein Amulett eingearbeitet in die schon ältere Tätowierung, die wie eine Perlenkette um ihren Hals eingebrannt ist. Ohnesorg erinnert sich an den Familienkrach, als Mary, spätpubertär, kaum 15 Jahre alt, mit dieser Tätowierung nach Hause gekommen war. Aber die Signatur an der Kette ist neu. Die Ähnlichkeit mit den anderen Signaturen ist markant – fast wie mit einem Stempel eingebrannt. Abweichend von den anderen, gebrandmarkt wie ein Stier, ist der große, übergewichtige, behaarte Körper von Castor auf dem Gesäß tätowiert. *Das „F" der Signatur ähnelt einer „7" mit langem Querbalken, darunter das i, die Buchstabengruppe schaut fast aus wie „H", First oder Hirst,* grübelt Ohnesorg und analysiert die einzelnen Signaturen, die er bei jedem der ausgestellten Opfer im Makromodus aufgenommen hat. Seit die Digicam zu seinen täglichen Begleitern gehört, hat Ohnesorg das Gefühl, dass er seinen ersten Eindruck vom Tatort authentischer speichern kann als es die amtlichen Tatortfotos der Spurensicherung können.

Konserviert wurden die sieben Künstler in überdimensionierten Glasampullen, die auf Eichenholzsockeln stehen, seitlich ein kleines Messingschild mit den Namen der Künstler. Maria Wonderland. Schrifttyp Old English. Man muss schon sehr weitsichtig sein oder sich bücken, um es lesen zu können. So hatte offenbar keiner der Ausstellungsbesucher davon Notiz genommen, bis Emilie Wonderland durch ihren Zusammenbruch die Aufmerksamkeit des Publikums auf den eigentlichen Inhalt dieser Ausstellung lenkte. Die Liste der Opfer und deren Verbleib geben einige Rätsel auf. Klar dürfte sein, dass alle konservierten Künstler miteinander bekannt oder sogar befreundet waren.

Laut Auskunft von Anna Castor war ihr Mann Alfred vor zehn Tagen nach London geflogen und wollte rechtzeitig zur Vernissage zurückkommen. Sein Flugzeug landete pünktlich in Wien, aber Castor war nicht an Bord, seine Frau fuhr schließlich vom Flughafen allein zurück, direkt zur Eröffnung der Ausstellung. Dort erst traf sie ihren Mann wieder, aber in einem völlig anderen Zustand als erwartet. Geschockt konnte sie kaum einen klaren Satz formulieren und gab den Polizeibeamten nur rudimentäre Auskunft über die letzten Stunden mit ihrem Mann vor seinem Abflug nach London und seinen letzten Anruf aus London vor fünf Tagen: Der Akku seines Handys sei leer, er habe kein Ladegerät, er rufe vom Festnetz an, er sei auf dem Weg zu einem wichtigen Termin und werde sich dann melden. Aber das blieb sein letzter Anruf.

Ernest Stradal flog vor vierzehn Tagen nach Berlin, um Wonda McQueen zu besuchen, die dort ausstellte, und wollte von dort gemeinsam mit McQueen weiter nach London zur Eröffnung der Damien-Hirst-Ausstellung in der Tate Gallery. Das gab ein gewisser Josef Zipfer, Freund und Künstlerkollege, zu Protokoll. Weiter berichtete er: „Meines Wissens war ihre Rückkehr aus London am Tag ihrer Vernissage in Wien geplant." Die Vernissage von Hirst war zu Wochenbeginn, Ohnesorg erinnert sich daran, in der Tagespresse einige Zeilen darüber gelesen zu haben. Unter dem Titel „Sterile Provokation" fanden sich Fotos von in Formaldehyd eingelegten Haien, ausgestopften Schafen und Kälbern und anderen Viechereien.

Über Tony Kuss sagte Irina Kuss, „verheiratet seit 13 Jahren", aus: „Wir waren den ganzen Juli und August in unserem Appartement in Rovinj. Mein Geschäft ist in der Zeit sowieso geschlossen, weil im Sommer niemand Pelze kauft. Den Zobel kaufen vorwiegend die Russen. Natürlich auch bei uns, da geht es ja nicht nur um das Fell, sondern auch um die Fasson. Und Einkaufen in Wien macht unseren Kunden mehr Spaß als zu Hause. Wir haben vielleicht keine bessere Qualität als die Geschäfte in Moskau, aber wir haben ja auch Kunden aus Pensa, Ufa, Perm und sogar Wladiwostok. Ich bin gleich nach unserer Ankunft von Wien nach Irkutsk geflogen und erst gestern zurückgekommen. Tony ist vor acht Tagen über Paris nach London gefahren. Mit dem Zug. Er steigt in kein Flugzeug. In London war irgendeine wichtige Ausstellung. Nein, ein britischer Künstler, Daniel First oder so. Hirst? Kann sein. Kurator? Ich weiß nicht, ob das der Gleiche ist. Seit vier, fünf Tagen hat mich Tony nicht mehr angerufen, ich konnte ihn auch nicht erreichen.

Vielleicht der Akku. Natürlich wollte er zu seiner Vernissage wieder da sein. Na ja, das war er ja auch." (Anmerkung im Protokoll: „wirkt gefasst").

Nach Durchsicht aller Fotos ist sich Ohnesorg nicht sicher, ob er es mit einem oder mehreren Tätern zu tun hat. Er muss herausfinden, ob die Narben aus älteren Eingriffen stammen oder jüngeren Datums sind. Ein kausaler Zusammenhang mit dem Tötungsdelikt scheint ausgeschlossen, denn die Narben wirken alle professionell medizinisch verarbeitet und sauber verheilt. Unmittelbare Spuren von Verletzungen oder Gewaltanwendungen, die als Todesursache dienen könnten, sind nicht zu identifizieren. Bleiben Gift oder Erstickung als Todesursache. Sind die Künstler in eine Falle getappt? Könnte leicht sein, dass sich ein Irrer als Sammler getarnt hat, um sie bei einer feuchtfröhlichen Feier zu vergiften. Künstler als Opfer eines Verführungskünstlers? *Ich bin gespannt, was der Galerist dazu zu sagen hat,* denkt Ohnesorg und lässt Hugo Königshofer vorführen.

„Und wie haben Sie geschlafen?", stellt der Kommissar anstatt einer Begrüßung eine scheinbar harmlose Frage, doch der provokante Unterton ist nicht zu überhören.

Der Galerist und seine Frau wurden noch am Vorabend im Café Sacher unweit vom Kunstraum aufgegriffen. Ein Streifenpolizist warf routinemäßig einen Blick in das vornehme Etablissement, nachdem der Funkspruch mit der Fahndung und der Personenbeschreibung hinausgegangen war. Larissa und Hugo Königshofer folgten dem Beamten ohne den geringsten Widerstand, offenbar darauf vorbereitet, eine Nacht auf einem ungemütlichen Schlaflager zubringen zu müssen.

„Ich habe gerne harte Betten", erklärt Königshofer.

„Dann erzählen Sie mal!"

„Was konkret?"

„Ich würde meinen, sieben tote Künstler in Ihrer Galerie sind konkret genug. Und der Verdacht auf Serienmord – auch sehr konkret, oder? Aber vielleicht haben Sie ja auch noch Leichen im Keller, über die Sie vorher sprechen wollen? Es wäre durchaus interessant zu wissen, wie Sie Ihre Galerie finanzieren. Mit dem Verkauf läuft es ja nicht so gut, wie mir Maria Wonderland im Vertrauen einmal mitgeteilt hat", schreckt der Kommissar nicht davor zurück, diverse Andeutungen von Mary hier als Fakten darzulegen. Man muss auch wissen, Andeutungen zu deuten. Immerhin kostet der Quadratmeter in Toplage mindestens 100 Euro, eher mehr, hinzu kommen die Fixkosten für zwei Angestellte, der Galerist und seine Frau müssen auch von irgendetwas leben, so summieren sich leicht mal 30.000 bis 40.000 Euro im Monat oder 400.000 bis 500.000 Euro Fixkosten im Jahr, rechnet der Kommissar überschlagsmäßig im Kopf aus.

„Ihre Anspielungen auf meine Geschäftsgebaren sind überflüssig. Sie können jeden meiner Geschäftsberichte der vergangenen sieben Jahre im Handelsgericht einsehen. Ich bin auch gerne bereit, Ihnen persönlich Kopien zu übergeben. Und wenn Sie über die Ausstellung ‚7 KünstlerInnen' sprechen, so scheint mir die Bezeichnung ‚tote Künstler' ziemlich unpassend und ein Mordverdacht mehr als grotesk."

„Und wie würden Sie dann belieben, die Fakten zu benennen?"

„Ich würde sogar sagen: Die sieben Künstler leben mehr denn je. Sie wurden als Installation des Kurators Damien First unter dem Titel ‚7 KünstlerInnen' verewigt."

„Damien First?"

„Ja."

„Haben Sie etwas präzisere Angaben über Ihren Kurator? Wo ist dieser geheimnisvolle Damien First denn zu finden?"

„Das kann ich nicht sagen, weil es sich dabei um ein Pseudonym handelt und niemand weiß, wer sich dahinter verbirgt."

„Könnte es sich um den britischen Schockkünstler Damien Hirst handeln?"

„Nein, das möchte ich ausschließen. Die plumpen Tierpräparate von Hirst und die subtile Installation von First kann man wirklich nicht miteinander vergleichen!"

„Subtil?"

„Es geht bei First um ein einzigartiges Konzept, das er selbst so definiert hat: Erstmals in der Kunstgeschichte findet eine Ausstellung statt, in der die ausstellenden Künstler mit den ausgestellten Künstlern identisch sind."

„Sie bestreiten also nicht, dass es sich bei den konservierten Personen in den Glaszylindern um die Künstler Marina Besrodnych, Alfred Castor, Tony Kuss, Igor Leonski, Wonda McQueen, Ernest Stradal und Maria Wonderland handelt", liest der Kommissar die Namen aus seinem Notizbuch ab, wo er sie fein säuberlich alphabetisch aufgelistet hat.

„Damien First behauptet, die Personen in den Riesenampullen seien identisch mit den von Ihnen genannten Künstlern und Künstlerinnen. Er hat nicht gesagt, dass deren Leichen in Formalin oder Spiritus schwimmen."

„Diese Logik ist für den Intellekt eines einfachen Kommissars zu hoch. Vielleicht erklären Sie mir das etwas genauer!"

„Es geht um die Frage der Identität. Denken Sie nur an Schizophrenie. Aber auch ewige philosophische Fragen. Geist und Körper. Ich und Du. Subjekt und Objekt. Innenwelt und Außenwelt. Ebene und Metaebene. Oder ganz banal: Hintergrund und Vordergrund. Wo beginnt das eine, wo das andere? Sind die Grenzen und Übergänge präzise definierbar oder verschwimmen sie? Damien First spielt mit diesen Polaritäten, die im Dualismus unseres Denkens auf philosophischer Ebene ebenso zu finden sind wie im täglichen Leben."

„Dann muss ich wohl davon ausgehen, dass Damien First ein schizophrener Serienmörder ist, der sich eine zweite Identität als Künstler oder Kurator zugelegt hat?"

„Schizophrene können sich keine Identitäten zulegen. Genau das ist der Unterschied zu Künstlern, die sehr bewusst neue Identitäten erschaffen können. Damien First gelang das mit dem Konzept ‚7 KünstlerInnen' in genialer Weise."

„Genie und Wahnsinn liegen oft nah beieinander."

„Dafür gibt es leider tatsächlich Beispiele. Damien First ist aber ein extrem rationaler, exakt planender Künstler. Das hat nichts mit Wahnsinn zu tun. Damien First ist der David Copperfield der Kunst. Nur die Illusion ist perfekt, die einen absolut realistischen Eindruck hinterlässt. Wir leben in einer Zeit, in der Illusionen unsere gesamte Realität durchziehen. Foto, Film, noch mehr die digitale Welt von Second Life bis hin zu Videospielen – scheinbar real, aber in Wirklichkeit alles Illusion! Nehmen Sie ein anderes Beispiel: Die Sängerin Whitney Houston spielt im Hollywoodfilm ‚Bodyguard‘ eine Sängerin. Auf welcher Ebene oder Metaebene zwischen Film und Wirklichkeit findet sich ihre wahre Identität? Ist ihre Rolle virtuell oder real? Ist ihr Leben virtuell oder real? Wie virtuell ist das Virtuelle, und wie real ist die Realität, wenn sie die Probleme, die Houston in ihrem wirklichen Leben hat, auch im Film nicht bewältigen kann? Genau das ist das Thema von ‚7 KünstlerInnen‘.“

„Danke für den Vortrag! Damit werden Sie Ihr Publikum sicher beeindrucken. Mich beeindrucken aber nur die Fakten. Und das sind sieben Individuen, keine Illusionen, keine virtuellen, sondern reale Menschen, die wir aufgrund von Zeugenaussagen eindeutig identifiziert haben. Abgängig seit über einer Woche oder auch schon länger und auf wundersame Weise wieder aufgetaucht im Kunstraum. So kommen wir nicht umhin, die Frage zu klären: Wer ist Damien First? Und kommen Sie mir bitte nicht mit seiner virtuellen Identität auf Metaebene! Was ich wissen will, ist sein realer, bürgerlicher Name. Seine Adresse. Seine Telefonnummer.“

„Ich sagte Ihnen doch: Ich kenne weder seine Identität noch seinen bürgerlichen Namen.“

„Sehr ungewöhnlich für einen Galeristen! Wie ist diese sogenannte Installation in Ihre Galerie gelangt, wenn Sie mit dem Schöpfer der Arbeit angeblich keinen Kontakt haben?“

„Die Arbeiten stammen aus der Sammlung ‚Rasputin‘.“ Königshofer putzt mit der rechten Hand ein paar hässlich glänzende Schuppen vom Revers seines schwarzen Sakkos. Genau das ist der Grund, warum er normalerweise keine schwarzen Anzüge trägt. Und er ergänzt mit hörbarem Stolz: „Wir dürfen die Installation in Europa exklusiv präsentieren. In zwei Wochen kommt die Installation ins Guggenheim nach New York.“

Ohnesorg beschleicht langsam das Gefühl, mit Königshofer in der Faktenfindung im Nebel zu stochern. Stellt er sich so naiv oder ist er wirklich überzeugt von seinen philosophisch schöngefärbten Hirngespinsten? So ist er froh über die Unterbrechung, als der Inspektor ungefragt den Raum betritt.

„Der Obduktionsbericht", sagt der Inspektor und flüstert dem Kommissar ins Ohr: „Über Wowa Rasputin ist nichts zu finden."

„Was heißt das? Welche Obduktion?" Diese Information bringt den Galeristen erstmals an diesem Morgen aus der Fassung. Nervös nestelt er am Revers seines schwarzen Sakkos, auf dem bei jeder ruckartigen Kopfbewegung eine ungebetene Schuppe landet.

„Maria Wonderland, geboren ..., Blutgruppe B negativ, abgängig seit ..., identifiziert von Emilie Wonderland, Mutter von ..., Todeszeitpunkt ..., ohne sichtbare Einwirkung von Gewalt ..., Überdosis ...", liest der Kommissar Auszüge aus dem Obduktionsbericht laut vor, sehr genau wissend, welche Teile der Information er dem Verdächtigen zuspielt und was er für sich behält. Beim letzten Absatz des Berichts verstummt er allerdings. Wer genau aufpasst, registriert, dass etwas in ihm zusammenbricht.

Doch Königshofer passt nicht auf, sondern regt sich mit steigender Lautstärke über die Obduktion auf: „Was haben Sie gemacht? Sie können doch kein Kunstwerk zerstören! Die Installation ist ein Gesamtkunstwerk. Das kann man nicht einfach ... ob-du-zieren! Das ist eine klare Verletzung des Urheberrechtes des Künstlers!"

„Sie reden immer noch von Kunst? Wir untersuchen hier sieben Mordfälle! Abführen!", herrscht Ohnesorg den wartenden Inspektor an, der daraufhin dem Galeristen wortlos Handschellen anlegt und ihn abführt.

In Ruhe liest der Kommissar wieder und wieder den letzten Absatz: „Da keinerlei Spuren von Gewalteinwirkung festzustellen sind, ist nicht auszuschließen, dass die untersuchte Person die Überdosis freiwillig eingenommen hat. Für die These des Selbstmordes spricht die Tatsache, dass im Blut der Person 2,1 Promille Alkohol und im Magen 70 Milligramm Flunitrazepam festgestellt wurden. Eine Auffälligkeit ist die vermehrte Menge weißer Blutkörperchen, die auf eine akute Leukämie hindeuten. Die untersuchte Person hätte bei durchschnittlicher Progression der Leukämie maximal noch vier Wochen gelebt."

Selbstmord? Der Gedanke ist mit dem Bild nicht vereinbar, das der Kommissar von seiner ernsthaften, aber sicher nicht depressiven, nein, im Gegenteil, humorvollen, manchmal zynischen, aber immer lebenslustigen Nichte hatte. *Wäre das Mary zuzutrauen, dieser radikale Abschluss, diese endgültige Abrechnung mit ihrem eigenen Leben? Eine Überkompensation? Anstatt eines Anschlags auf die Welt ein Anschlag auf das eigene Leben? Oder ein Unfall? Eine Überdosis irrtümlich eingenommen?*

Und wenn es bei Mary tatsächlich ein Unfall war, dann bleiben immer noch sechs weitere Todesfälle ungeklärt. Ohnesorg greift zum Hörer, um seine Schwester Emilie Wonderland anzurufen: „Wir müssen uns am Abend treffen … Aha, ja, elf Uhr geht auch … Also dann bis elf im Café Eiles."

„Wann haben Sie Maria Wonderland das letzte Mal getroffen?", fragt der Kommissar die Galeristin, die sich in der Zwischenzeit vor dessen Schreibtisch Platz genommen hat. Er hat wieder zu seinem routinierten Tonfall zurückgefunden, der keinerlei Emotionen erkennen lässt. Selbst eine formale Begrüßung hält er bei einem Verhör für überflüssige Gefühlsduselei.

„Das war vor mehr als einem Jahr, am 15. August", antwortet Larissa Königshofer, die sich sichtlich unwohl dabei fühlt, dass sie noch die Kleidung vom Vortag tragen muss und in diesem verknitterten Kostüm dem Kommissar vorgeführt wird.

„Mariä Himmelfahrt", assoziiert der Kommissar, der als Absolvent des Piaristengymnasiums über katholische Feiertage bestens Bescheid weiß.

„Das muss ein Zufall sein. Es ist der Geburtstag von Ernest Stradal. Es war die Geburtstagsparty von Ernest in seinem Atelier in der Nähe des Kulturzentrums WUK", erklärt Larissa in ihrem gestochenen Akzent, den der Kommissar Ostdeutschland zuordnen würde. *Ehemalige DDR,* denkt er. Die Medien wimmelten in den letzten Tagen nur so von Berichten über das 20-jährige Jubiläum des Falls der Berliner Mauer.

„Wer war sonst noch zu dieser Party eingeladen?"

„Fredi, Tony mit Irina, nein, Irina war nicht da, Igor Leonski und

Maria. Marina und Wonda sollten später kommen. Habe ich gehört. Aber mein Mann und ich mussten früher weg, wir haben sie nicht mehr angetroffen."

„Marina Besrodnych, Alfred Castor, Tony Kuss, Igor Leonski, Wonda McQueen, Ernest Stradal und Maria Wonderland", rekapituliert der Kommissar mit Blick auf sein Notizbuch und wirft einen fragenden Blick auf Larissa, die nonverbal bestätigt, dass es sich genau um diese Personen handelte. „Also war praktisch die ganze nunmehrige Installation, wie Ihr Mann das Corpus Delicti zu nennen beliebt, bei dieser Party zugegen. Eine Party als Antizipation der Installation", sinniert der Kommissar und denkt: *Das hätte Mary nicht besser formulieren können.*

„Das muss ein Zufall sein."

„Mehr fällt Ihnen dazu nicht ein? Gab es weitere Gäste?"

„Nein, vielmehr ich weiß es nicht, wir mussten ja relativ schnell wieder weg."

„Was können Sie mir über Wowa Rasputin sagen?", wechselt der Kommissar das Thema.

„Wolodja Rasputin", wiederholt Larissa den Namen des Sammlers, ohne jedoch die Frage zu beantworten.

„Ich beziehe mich auf die Information auf der Einladung der Ausstellung: ‚mit Unterstützung des Sammlers Wowa Rasputin'", präzisiert Ohnesorg.

„Wowa, Wolodja, das sind unterschiedliche Kosenamen für Wladimir."

„Ach so?" Ohnesorg hätte diese blöde Frage gerne nachträglich hinuntergeschluckt, um seine Unkenntnis nicht vor der Verdächtigen auszubreiten, und fährt daher abrupt fort: „Was hat Wowa beziehungsweise Wladimir mit der Ausstellung zu tun?"

„Er ist einer der wichtigsten russischen Sammler zeitgenössischer Kunst. Wahrscheinlich der wichtigste. Er hat früher Sozrealismus, dann Surrealismus gesammelt und hat sich in den letzten Jahren auf Hyperrealismus spezialisiert. In den vergangenen sieben, acht Jahren hat er wohl die Hälfte aller Werke von Maria Wonderland erworben. Und er hat viele ihrer Projekte gesponsert."

„Tatsächlich?" Erstmals in diesem Verhör ist in der Stimme des Kommissars eine Emotion zu erkennen, bei dieser Auskunft kann er seine

Verwunderung nicht mehr unterdrücken. Was hatten die sperrigen Konzepte von Mary mit Surrealismus oder Hyperrealismus zu tun? *Von Kunst verstehe ich offenbar wirklich nicht viel. Wie kann man solche Sachen überhaupt verkaufen?* Ohnesorg hatte jedenfalls keine Ahnung, dass Mary überhaupt jemals etwas verkauft hatte, er dachte immer, sie habe hin und wieder staatliche Subventionen erhalten. „Was haben Sie verkauft von Mary, ich meine von Maria Wonderland, und zu welchen Preisen?"

„Die letzte Arbeit hatte den Titel ,Mariä Himmelfahrt'."

„Das muss ein Zufall sein", ahmt der Kommissar nun die Tonlage der Galeristin nach.

„Nein, die Arbeit war schon länger für die Art Moskwa geplant."

„Und was stellt ,Mariä Himmelfahrt' dar? Was ist daran hyperrealistisch?"

„Eine Gruppe von sieben nackten Mannequins. Jede, stellvertretend für einen Kontinent, in einer anderen Farbe, weiß für Antarktis, schwarz für Afrika und so weiter. Anstelle ihrer Schamhaare befinden sich kleine Screens, auf denen erotische Videos laufen. Man könnte auch sagen, Pornovideos. Manche meinen, in den Aufnahmen Marilyn Monroe zu erkennen."

Ohnesorg erinnert sich, einmal in einem Schmuddelblatt über angebliche Pornovideos mit dem Filmstar gelesen zu haben. Natürlich wurden auch sogenannte seriöse Quellen zitiert, die die Echtheit dieser Videos in Frage stellten, aber das anzügliche Gerücht, es könnte was dran gewesen sein, wurde damit keineswegs abgeschwächt. Zumal in dem gleichen Artikel jede Menge Bildmaterial publiziert wurde, das das bekannte Starlet der 60er-Jahre – oder ein Double – in eindeutigen Szenen präsentierte.

„Und was ist diese ,Himmelfahrt' dem Sammler wert gewesen?" Ohnesorg kann nun eine gewisse Neugierde nicht mehr verbergen.

„Der Wert war wohl höher als der Preis, den wir erzielen konnten", umgeht sie diese Frage routiniert, denn Galeristen schreiben gerne große Preise auf ihre Preislisten, aber nur kleine in ihre Bilanzen

„Ah ja, sehr aufschlussreich!", erwidert der Kommissar sarkastisch, und kehrt hartnäckig zu seiner Frage zurück: „Wie viel hat Rasputin nun für seine ,Himmelfahrt', ich meine für ,Mariä Himmelfahrt', bezahlt?"

„Nun, bei Sammlern dieses Ranges muss man immer einen größeren Rabatt einrechnen, statt 7 × 10 waren es schließlich 7 × 7, also 49.000."

„Euro?", vergewissert sich der Kommissar und löst damit ein helles, abgehacktes Lachen bei Larissa aus.

„Mit Rubel könnten wir – bei aller Freundschaft zu Russland – in unserer Branche nicht überleben."

„Also verdienen Sie ganz gut mit Ihrer Galerie?"

„Mit manchen Künstlern ganz gut, mit anderen Künstlern läuft es eher schleppend."

„Und Maria Wonderland gehört zu welcher Kategorie?"

„Wir haben sie sehr gut verkauft. Wowa hat uns ja, wie gesagt, die meisten ihrer Arbeiten abgekauft. Und so ein Sammler erzeugt auch eine Sogwirkung."

„Wowa? Den Sammler kennen Sie schon länger?"

Ein kurzes, helles Lachen kann Larissa auch bei dieser Frage nicht unterdrücken. „Ja, ich kenne ihn jetzt seit ... seit 27 Jahren, seit wir gemeinsam an der Moskauer Universität studiert haben."

„Ach, Sie haben in Moskau studiert?"

„Ja, ich habe bis zur Hochzeit mit Hugo Königshofer in Moskau gelebt. Ich bin sogar in Moskau geboren."

Die Zusammenhänge, die ihm Larissa Königshofer eröffnet hat, geben dem Kommissar einiges zu denken auf. Ist es möglich, dass er mit dem Mordverdacht wirklich danebenliegt, wie es ihm der Galerist suggerieren wollte? Aber die Leichen sind echt, wie die Obduktion von Maria ergeben hat, wenn auch die Todesursachen im Einzelnen noch ungeklärt sind.

„Bringen Sie Frau Königshofer in ihre Zelle!", ruft Ohnesorg dem Inspektor in seinem Vorzimmer zu. „Ich bin in einer Stunde zurück." Er lässt die Tür mit einem Knall hinter sich zufallen. Im Vorbeigehen drückt er dem Inspektor einen Zettel in die Hand: „Weitere Recherchen über Walodia oder Wolodja oder Wladimir (vielleicht auch Vladimir) Rasputin!"

Auf dem Weg zum Café Eiles schickt der Kommissar jene E-Mail, die er zwischen den beiden Verhören von seinem PC an seinen Black-Berry geschickt hat, an eine Vertraute weiter. Eine Frau, die ihm schon öfter bei der Lösung eines Falles geholfen hat. Das Café liegt praktisch um die Ecke von Ohnesorgs Büros. Während er auf seine Schwester Emilie Wonderland wartet, hat er noch Zeit, die Zeitungen zu überfliegen. Die Tagespresse hat als einzige unter „Vermischtes" eine Kurzmeldung in die heutige Ausgabe gebracht: „Galeristenpärchen nach Skandalausstellung untergetaucht! Eine scheinbar harmlose Ausstellung mit dem Titel ‚7 KünstlerInnen', die gestern Abend im Wiener Kunstraum eröffnet wurde, erwies sich als Gruselkabinett. Sieben Künstlerinnen und Künstler wurden zum Objekt einer makaberen Präsentation, eingelegt wie Gurken in riesigen Konservengläsern. Die Galeristen Larissa und Hugo K. sind im Tumult der Vernissage untergetaucht. Die Polizei ermittelt wegen Mordverdacht in sieben Fällen."

„Hast du schon etwas Konkretes?", fällt Emilie mit der Tür ins Haus, wirft ihren Mantel über die Sessellehne und setzt sich.

Ohnesorg legt die Zeitung weg und schaut Emilie an. Er hat das Gefühl, als wären ihre früh ergrauten Haare über Nacht eine Spur weißer geworden. „Ja, wir sind einen Schritt weiter, aber erzähl mir vorher noch mal etwas über deine letzten Begegnungen mit Maria!"

„Das haben wir doch bis ins letzte Detail bereits besprochen, und du hast auch alles in deinem Protokoll."

„Ja, aber überleg mal, ob dir im Verhalten von Mary etwas aufgefallen ist! Hat sie vielleicht über gesundheitliche Beschwerden geklagt? Und wenn sie nicht geklagt hat, was typisch für sie wäre, hast du was bemerkt? Als Mutter merkt man ja, wenn mit der eigenen Tochter was nicht stimmt."

„Wenn du mich so fragst: Ich habe das erste Mal, also bei unserem vorletzten Zusammensein im Gartenhaus, mitbekommen, dass sie Tabletten schluckte. Sie war immer dagegen, hat alles gemacht, damit sie keine Medikamente schlucken musste. ‚Nur keine Chemie!', hat sie immer gesagt. Natürlich habe ich sie sofort gefragt, was los ist. ‚Ich hab starke Regelschmerzen!', hat sie gesagt. Könnte es denn was anderes gewesen sein?", schaut Emilie Wonderland fragend ihren Bruder an.

„Ja, sie hatte akute Leukämie." Ohnesorg sieht, wie aus dem Gesicht seiner Schwester der letzte Hoffnungsschimmer schwindet und der Gesichtsausdruck härter und härter wird. Hart wie das Leben mit seinen unumkehrbaren Tatsachen. Die Bilder von Marias letztem Besuch im Schrebergarten laufen nochmals vor ihrem inneren Auge ab. Maria war gut gelaunt, fast zu gut, ihr Lachen war laut, fast zu laut. Sie erinnerte sich an viele Geschichten aus der Schulzeit, äffte ihre Zeichenlehrerin nach, die sie als Antitalent mit zwei linken Händen bezeichnet hatte, machte dicke Backen, um ihren Englischlehrer zu imitieren, der ihr ein lockeres Mundwerk und einen ebenso lockeren Umgang mit der Orthographie bescheinigt hatte, machte einen verspielten Knicks, als sie sich vor ihrem Matheprofessor verbeugte, der sie acht Jahre lang durch das Gymnasium geschoben hatte, obwohl sie auf jede Mathearbeit einen Pinsch kassiert hatte. Trotzdem ließ er bei jeder Jahresabschlussprüfung Milde walten und würdigte ihre kreativen Lösungsansätze, auch wenn diese immer zu den falschen Ergebnissen führten. Über jede dieser Anekdoten und viele Marotten konnte Maria herzhaft lachen. Zu herzhaft? War alles nur vorgespielt in Anbetracht ihres sicheren Todes?

„Sie ist also an Leukämie gestorben", unterbricht die Mutter der Künstlerin ihr Schweigen.

„Nein, gestorben ist sie an Flunitrazepam."

„Fluni... was?"

„Flunitrazepam ist besser bekannt unter dem Handelsnamen Rohypnol. Die Todesursache war also eine Überdosis Schlaftabletten."

„Schlaftabletten. Überdosis", wiederholt Emilie Wonderland wie hypnotisiert. „Nein, alles ist möglich, aber Selbstmord kann ich mir nicht vorstellen. Das hätte Mary nie gemacht, egal wie schlecht es ihr ging."

„Nun, die Obduktion hat ergeben, dass keine Gewalteinwirkung vorliegt."

„Gewalt! Vielleicht keine physische Gewalt. Aber was ist mit psychischer Gewalt? Hypnose? Irgendein Psychozeug, das ihr jemand ins Getränk gekippt hat um sie willenlos zu machen?"

„Das ist bei Rohypnol nicht ausgeschlossen. Es kursiert in der hiesigen Drogenszene auch unter Namen wie Ro oder Rippal. Bei gleichzeitigem Konsum von Alkohol kann Ro eine paradoxe Reaktion hervorrufen. Statt Lethargie Aggression. Aber es können auch Erregungszustände auftreten. Oder Angst oder Halluzinationen, die dann eine Handlung auslösen, die eine Person nüchtern nicht begehen würde", erläutert Ohnesorg, nun wieder ganz Kommissar, der schon wieder der Todesursache auf der Spur ist. „Ich kann mir auch nicht vorstellen, dass Mary Selbstmord begangen hat. Aber wir können die Untersuchungen nur zielstrebig weiterführen, wenn wir wissen, warum es kein Selbstmord war. Warum kannst DU ausschließen, dass es Selbstmord war?"

„Sie wollte zu meinem 55. Geburtstag mit mir nach Moskau fliegen. Sie wollte mir Moskau und den Goldenen Ring zeigen. Das war ihr Geburtstagsgeschenk."

„Ich erinnere mich, aber das ist etwas wenig, um den Verdacht auf Selbstmord zu entkräften."

„Aber die Flugtickets!"

„Welche Flugtickets?"

„Mary hat mir bei unserem letzten Treffen am 15. August des Vorjahres, bevor sie zur Geburtstagsfeier von Ernest gefahren ist, ein Kuvert gegeben mit unseren Flugtickets, eins für mich und eins auf ihren Namen. Wir wollten genau an meinem Geburtstag, dem 3. September, abfliegen."

„Die Tickets hast du nie erwähnt", sagt der Kommissar vorwurfsvoll.

„Ich wusste nicht, dass sie als Beweisstück zu den Akten gehören", antwortet seine Schwester etwas beleidigt. „Da Mary nach dem 15. August nicht mehr aufgetaucht ist, hab ich nicht mehr an die Tickets gedacht. Ich habe sie noch – wenn sie dir weiterhelfen ..."

„Na gut, also Moskau", versucht Ohnesorg, eine neue Spur aufzunehmen. „Wann genau war Mary zuletzt in Moskau, und wen hat sie dort getroffen?"

„Zu Ostern, Mitte April."

„Ostern war voriges Jahr im März", überlegt der Kommissar laut, der als ehemaliger Piaristenzögling die katholischen Feiertage bestens kennt.

„Die russisch-orthodoxen Ostern", erwidert Emilie. „Mary wollte ein Projekt für die Moskauer Kunstmesse im Herbst fertigstellen. Wir wollten zu meinem Geburtstag hinfliegen und bis zur Vernissage der Messe am 14. September bleiben."

„Nun gut, zurück zur letzten Moskaureise von Mary. Wo hat sie gewohnt, wo hat sie ihre Arbeiten vorbereitet, mit wem hat sie sich getroffen?"

„Ich kenne die Leute nicht, mit denen Mary in Moskau zu tun hatte. Du weißt, dass sie seit Abbruch ihres Studiums sehr viel Zeit im Ausland verbracht hat, einmal in Amerika, dann in England, dann wieder in Russland. Sie hat mir nie gesagt, wie lange sie wegbleibt, aber ich habe zumindest immer gewusst, wo sie sich aufhält. Sie hat meist privat gewohnt, bei Freunden aus der Studienzeit oder in Ateliers von befreundeten Künstlern. Im Zusammenhang mit Russland habe ich den Namen Rasputin hin und wieder gehört. Er steht ja auch auf der Einladungskarte. Von Leonski hat sie in letzter Zeit öfter geredet. Sie hat mir von der Beziehung nie was erzählt, du weißt ja, sie hat überhaupt wenig über ihre Beziehungen geredet, aber ich glaube, sie hatte seit ein paar Jahren etwas mit Leonski. Und natürlich hatte Mary auch mit Larissa Königshofer in Moskau zu tun. Sie stammt ja aus Moskau."

„Das hast du gewusst?"

„Ja, sicher. Ist das von Bedeutung?"

„Es könnte von Bedeutung sein", bleibt Ohnesorg seiner Schwester gegenüber kryptisch und sendet eine SMS an seinen Adjutanten: „Brauche sofort alle Unterlagen über Rasputin! Bin in zehn Minuten im Büro."

Kapitel 4 – Die Redakteurin

„Das können Wachsfiguren sein, das kann alles Mögliche sein. Durch das Glas und die Flüssigkeit ist das nicht feststellbar. Sicher aber ist es eine herausragende Inszenierung von Maria Wonderland, und wir werden daher die Kultur heute damit aufmachen. Ich würde die Story sogar auf die Titelseite heben", erklärt Franz Weichhart, der als Ressortleiter Kultur bei der Tagespresse nicht jeden Tag die Chance hat, mit einer sensationellen Story den Hauptaufmacher zu bekommen.

„Titelseite ist okay, aber die zentrale Frage lautet: Serienmord oder Ritualmord?", entgegnet Katharina Stich.

„Du hast wohl zu viel Hitchcock gelesen! Wonderland ist bekannt für ihre Adaptionen, ja sogar Adoptionen berühmter Vorbilder. Der Stil der Arbeiten erinnert eindeutig an Duane Hansons hyperrealistische Skulpturen aus Glasfaser und Polyesterharz, die voriges Jahr im mumok ausgestellt waren. Kombiniert wurde das Konzept mit den in Formaldehyd eingelegten Tierkadavern, die Damien Hirst derzeit in einer großartigen Ausstellung in der Tate in London zeigt. Wonderland ist kurz nach Eröffnung der Hanson-Ausstellung verschwunden und war nun ein Jahr weg, niemand weiß, wo, vielleicht sogar in den USA, wo sie an den Skulpturen gearbeitet haben könnte", doziert Weichhart.

Das lässt Stich, die Reporterin mit dem Killerinstinkt, nicht kalt: „Das zeitgleiche Verschwinden von sechs weiteren Künstlern ist aus meiner Sicht eher ein Indiz für einen Kriminalfall als für eine Kunstfalle."

„Kunstfalle ist gut! Ich erinnere an Wonderlands Plakataktion vor zwei oder drei Jahren. Über Nacht wurden in ganz Wien Plakate mit der Aufschrift ‚Plakatieren verboten!' affichiert. Simpel, aber genial! Text und Medium, die einander aufheben. Außerdem der Widerspruch zwischen Denotation und Konnotation: Tatsächlich war auf allen beklebten Flächen, die von der Gemeinde entsprechend gekennzeichnet waren, das Plakatieren verboten. Was Heerscharen von Wildplakatierern aber immer ignoriert haben. Aber was macht die Behörde mit einem Plakat, das gerade das fordert, was die Behörde vorschreibt? Der Gemeinderat hat letztlich die Kunstaktion als Amtshandlung vereinnahmt und war sogar bereit, der Künstlerin die Materialkosten zu erstatten. Wie später durchsickerte, hat die Stadt der Künstlerin deutlich mehr als die Materialkosten überwiesen. Stellt sich letztlich die Frage: Wer hat wen vereinnahmt? Die Stadtverwaltung die Künstlerin oder umgekehrt?"

So geht der Schlagabtausch zwischen Weichhart und Stich wie in einem Boxring noch über fünf Runden, und bei jeder Runde fallen die Schläge tiefer und tiefer aus.

Der Chefredakteur will gerade als Ringrichter einschreiten, da holt Stich zu ihrem letzten Schlag aus, nachdem sie auf ihrem iPhone kurz ein neu eingelangtes Dokument gecheckt hat: „Ich habe soeben den Obduktionsbericht bekommen. Der beweist erstens, dass es sich bei der obduzierten Person tatsächlich um Maria Wonderland handelt ..."

Stich legt eine Kunstpause ein, bevor sie fortfährt, wissend, dass sie noch einen Trumpf in der Hand hält, der alles sticht: „Und zweitens umfasst der Befund mehrere Hinweise darauf, dass sie nicht eines natürlichen Todes gestorben ist."

„Tja, dann ist der Fall wohl klar", beendet der Chefredakteur die Diskussion.

„Ich brauche ein Ticket nach London", zieht Katharina Stich, Kate, wie sie sich selbst gern nennt, ihr iPhone wieder an sich, nachdem Weichhart die Auszüge aus dem Obduktionsbericht nervös überflogen hat.

„Diese Sachen klären Sie mit der Redaktionsassistentin! Wann krieg ich den Bericht für den heutigen Aufmacher? Und für die Chronik brauchen wir zwei Seiten", drängt der Chefredakteur.

„Alles so gut wie fertig. Ich bin gestern nur kurz nach Kommissar Ohnesorg im Kunstraum eingetroffen und habe mindestens 90 Prozent der Befragungen mitbekommen. Mir fehlt lediglich ein Absatz über den Obduktionsbericht. Alle meine Fotos habe ich schon an die Fotoredaktion gemailt."

„Wieso warst du überhaupt dort?" Weichhart kann sich diese dämliche Frage beim Verlassen der Redaktionskonferenz nicht verkneifen.

„Tja, die Kultur beschäftigt sich zu intensiv mit langweiligen Ignoranten, aber wir von der Chronik pflegen immer noch ganz altmodisch Kontakt mit exklusiven Informanten", gibt Stich schnippisch zurück und entschwindet hinter dem großen Bildschirm ihres Computers.

Stich checkt die Agenturmeldungen. Mittlerweile haben alle internationalen Nachrichtenagenturen die Information über die Skandalausstellung und das Verschwinden der Galeristen Hugo und Larissa Königshofer gebracht. Eine Information, für die Stich gestern noch um 21:30 Uhr den Chef vom Dienst überzeugen konnte, die Druckmaschinen zu stoppen, um sie exklusiv in die Morgenausgabe der Tagespresse zu bringen. Eine Information, die nun alle Agenturen von der Tagespresse übernommen haben. Das bringt Punkte bei der nächsten Gehaltsverhandlung, weiß Stich. Mittlerweile haben auch die anderen Tageszeitungen ihre Websites aktualisiert und über den „Kunstskandal im Herzen Wiens" berichtet. Auch der Exkanzler, der im Übrigen nicht mehr viel zu sagen hat, aber als Kultursprecher seiner Partei immer für eine Wortspende zu haben ist, musste den Skandal mit seinem Senf würzen: „Trotz des international einzigartigen ... ist dieser abartige ... als Auswuchs ... ein Einzelfall ..., und deshalb werde ich alles daransetzen, dass die Kunstministerin prüft, wie die Galerien- und Messeförderungen, die dem Kunstraum bisher bewilligt wurden, zurückgefordert werden können", bringen die 10-Uhr-Nachrichten unisono die berufsmäßige Empörung von Willi Weidling im O-Ton. Doch Stich ist schon wieder einen Schritt weiter als der Rest der Journalisten, die statt Fakten Meinungen bringen, noch dazu Meinungen, die wirklich nichts zur Klärung der Sachlage beitragen. Tony Kuss, Alfred Castor, Wonda McQueen und Ernest Stradal waren in London, weiß Stich immer noch exklusiv, weil sie bei den Befragungen am Vorabend als einzige Journalistin zugegen war. Wäre kein Wunder, wenn auch Leonski und Besrodnych nach London geflogen wären; die Vernissage von Damien Hirst muss damit etwas zu tun haben. Kate hat gerade noch eine halbe Stunde, bevor ihr Taxi zum Flughafen abfährt. Schnell googelt sie Damien First, drei Einträge, alle aus dem Kunstraum mit Bezug zur Ausstellung ‚7 KünstlerInnen'. Und danach googelt die Reporterin Damien Hirst. 689.000 Treffer: „... der 50 Millionen Pfund teure diamantenbesetzte Totenkopf ... White Cube Gallery ... hat alle bisherigen Rekorde gebrochen ... Liegenschaften in London, Mexiko, Devon and Gloucestershire ... beschäftigt in drei Studios

120 Mitarbeiter ... Besucherrekord in der Tate Gallery ... is a formidable global brand ..." Daneben schafft sie noch einen Anruf. Ihr Exfreund aus Londoner Studientagen, heute Reporter beim Daily Mirror, hat schnell die gewünschte Telefonnummer parat. Noch während Kate mit ihm flunkert, um den Grund ihres Anrufs nicht allzu geschäftlich klingen zu lassen, mailt er ihr alles, was sie vor dem Abflug noch benötigt, nämlich die Nummer des Managers von Damien Hirst: +44 20 7298 2266. „No, no ... maybe ... okay ... maybe ... I got it, thanks, my dear, bye", *so viel Freundlichkeit muss sein, man hat ja nicht nur schlechte Erinnerungen an ihn.* Kate packt ihren Mantel und ihre große Handtasche, in der alle wichtigen Utensilien für kurzfristig hereinbrechende Auswärtstermine parat liegen, und läuft die Treppen hinunter zum Ausgang, wo das Taxi bereits wartet.

Die Landung in Heathrow ist hart und gar nicht herzlich. Ein Sturm mit Windgeschwindigkeit bis zu 90 km/h schüttelt das Flugzeug und den Mageninhalt von Kate durch. Bevor sie sich in die Schlange zum Taxi einreiht, bestellt sie in einem schmutzigen Selbstbedienungsrestaurant einen Tee, steckt den Teebeutel ein, holt sich ein Packerl Nescafé aus der Handtasche und gießt den Inhalt in das heiße Wasser. Die erste Nummer, die sie wählt, nachdem sie ihr iPhone wieder in Betrieb genommen hat, ist +44 20 7298 2266.

„Frank", meldet sich eine Stimme, nicht besonders freundlich, doch Kate vergisst sogleich ihr flaues Gefühl in der Magengegend, denn sie hat auf Anhieb Glück. Die Frage, ob sie Frank Dunphy, den Manager von Damien Hirst erreichen werde, lag ihr bislang schwer im Magen, noch bevor der Sturm die Magenbeschwerden an die Grenze des Erträglichen getrieben hatte. Doch jetzt ist sie nur noch einen Schritt von ihrem Ziel entfernt. Alle Beschwerden sind vergessen.

Fünf Minuten später sitzt Kate im Taxi. Wie man sich charmant vordrängelt, hatte sie schon als Studentin in London gelernt. Eine Dreiviertelstunde später zahlt sie mit Kreditkarte. Bis die Abbuchung von ihrem ständig überzogenen Konto erfolgt, wird sie die Spesenrechnung von der Zeitung wohl schon bekommen haben, denkt sie und steigt in einem etwas heruntergekommenen Indus-triegebiet aus. Anstatt sofort in die Tate Gallery zu fahren, wie sie ursprünglich vorhatte, hat sie nach dem Telefonat mit Dunphy den schnellsten Weg in das südlich von London gelegene Studio von Damien Hirst genommen. In der Fabrikhalle zeugt ein Kran davon, dass hier einmal schwere Materialien verarbeitet wurden. Nun ist die Halle sauber, weiß gestrichen, macht insgesamt einen sterilen Eindruck und riecht nach unterschiedlichen Chemikalien: Gerbstof-fen, Schwefel, Spiritus, Terpentin. Am Ende der Halle stehen ziem-lich große Aquarien und Glaskästen auf meist weiß gestrichenen Holzsockeln. Eine große Stahltür führt in einen würfelförmigen Raum, der offenbar nachträglich eingebaut worden ist. Daneben ein Objekt, das Kate aus den Medien kennt: ein in Formaldehyd einge-legter Hai. Kate hat dieses Objekt (vielleicht nicht dasselbe, aber das gleiche) schon in Dutzenden Abbildungen gesehen und nicht damit gerechnet, dass ihr nun Auge in Auge mit dem Original ein banges Gruseln über den Rücken kribbeln könnte. *Kunst ist also doch imstande, Emotionen auszulösen!* Hinter dem Hai liegen mehre-re ausgestopfte Kälber, schwarz-weiß gescheckt, daneben mehrere Stapel mit Fellen. Darüber eine ausgewachsene Kuh, die an Ketten befestigt vom Kran herunterbaumelt.

„Mister Dunphy?", erhebt Kate etwas ratlos die Stimme.

Für die Größe der Halle sind relativ wenige Arbeiter anwesend, alle irgendetwas räumend, schiebend, wischend. Einer von ihnen zeigt auf einen Schreibtisch im hinteren Bereich der Halle.

Frank Dunphy steht telefonierend hinter dem Tisch, setzt sich auf den Tisch, wechselt alle zwanzig bis dreißig Sekunden die Stellung, streift die Besucherin mit einem Blick, deutet mit der Linken einen Gruß an und führt seine Handbewegung übergangslos weiter, um Kate zu signalisieren, sie möge sich setzen. Gar nicht so leicht, da sich auf allen Sitz- und Ablageflächen Bücher, Kataloge, Zeitungen, CDs und Videos stapeln.

Sie findet trotzdem ein Plätzchen, hebt von einem Hocker einen Katalog auf und blättert darin, bis der Manager des Künstlers sein Telefonat beendet hat.

„Nun, Damien Hirst ist bereits in Gloucestershire, nach dem Vernis-sagentrubel in der Tate wird er wohl einige Wochen nicht nach London kommen", erklärt der Manager des Künstlers, ohne eine Frage der Journalistin abzuwarten.

Kate sagt etwas über Dankbarkeit, dass sie trotzdem so kurzfristig ..., dass die Atmosphäre der Factory besonders beeindruckend ..., dass die Leser der Tagespresse vor allem interessieren würde, wie ...

Darauf gibt Dunphy bereitwilligst Auskunft, redet eine halbe Stunde, ohne dass Kate ihn unterbrechen kann. Allerdings lässt sich der Geschäftige immer wieder von Telefonanrufen unterbrechen.

Doch Kate hört geduldig zu, wenn er mit ihr spricht, und weg, sobald er telefoniert. In den Pausen macht sie mit ihrem iPhone einige Fotos von der Factory. Die Ausführungen von Dunphy kommen Kate bekannt vor, denn er redet viel von Rekorden und revolutionären, einzigartigen Werken und erwähnt oftmals „the formidable global brand", wenn er Damien Hirst meint. Die Reporterin muss sich bei den Ausführungen von Dunphy immer wieder in Erinnerung rufen, dass sie im Atelier eines Künstlers sitzt und nicht in der Werkstätte von Louis Vuitton.

„Gibt es noch Länder, in denen the global brand nicht bekannt ist?"

„Ja, sicher: Nordkorea und Burkina Faso", scherzt Dunphy.

„Und aus welchen Ländern stammen die größten Kunden von Hirst?"

„Das ist derzeit wohl Russland. Aber auch in Österreich hat Hirst seine Fans", weiß der Kunstmanager, was die Journalistin aus Wien hören will.

„Waren viele österreichische Kunden bei der Vernissage in der Tate Gallery?"

„Nun, ich würde nicht sagen, typische Kunden. Aber doch echte Fans. Die ließen sich einfach nicht abwimmeln und sind schon zwei Tage vor der Eröffnung in die Factory gekommen."

„War unter diesen Besuchern auch Ofina Atlantico Grassini-Griffel?", stellt Stich einen Namen in den Raum, bei dem man nie ganz falsch liegen kann.

„Sorry, aber ich kenne die Namen nicht. Ich erinnere mich nur an einen funny old man, der ganz in Weiß gekleidet war, auch seine

Schuhe waren weiß und sein Bart und die wenigen Haare, die er noch auf dem Kopf hatte."

Der weiße Riese, denkt Kate, die sich in der Kunst nicht besonders gut auskennt. Doch manche Künstler sind mit ihrem Markenzeichen auch einem breiten Publikum geläufig, und dazu zählt der weiße Riese, Alfred Castor.

„Was wollten die Fans hier?"

Dunphy schüttelt den Kopf, bevor er antwortet: „Sie wollten alle Details über die Produktionsprozesse von Damiens Werken erfahren. Das meiste ist ja längst publiziert, aber die wollten wirklich unsere letzten Geheimnisse wissen. Damien selbst hat sich Zeit genommen, um mit ihnen auf die neue Ausstellung anzustoßen, und da ist diesem Typen ganz in Weiß, a funny old man, eingefallen, er will ein Autogramm von Damien. Aber nicht einfach eine Autogrammkarte, sondern eine Unterschrift auf dem eigenen Körper."

„Und was hat Hirst gemacht?"

„Er fand diese Aktion ganz witzig und hat signiert. The funny old man hat Hirst sogar seinen Arsch zur Signatur hingestreckt, die anderen waren etwas dezenter und wollten eine Signatur auf ihren Unterarmen. Anders wären wir die fünf Typen wohl nicht mehr losgeworden."

„Es waren fünf?", wundert sich Kate.

„Ja, eine Lady und vier Gentlemen."

„Wie lange waren sie da?"

„Zu lange. Damien hat sogar seinen Chauffeur beauftragt, sie wieder in die City zu bringen, um sie loszuwerden."

Kate spürt, dass sie der Spur, die sie in London gesucht hatte, ohne genau zu wissen, welche, einen deutlichen Schritt näher gekommen ist: „Würde Hirst auch Menschen in Kunstobjekte verwandeln?" *Das war zu direkt,* fährt es Kate durch den Kopf, und sie versucht, ihre Frage mit einem Nebensatz abzuschwächen: „So wie ... wie der deutsche Plastinator mit seinen Körperwelten?"

„Gjunther vaen Haegens", greift Dunphy mit seinem breiten englischen Akzent sofort die Anspielung auf. Von dem streitbaren Plastinator Gunther von Hagens liegt gerade ein umfangreicher Katalog aufgeschlagen auf einem der Büchertürme seines Schreibtisches. „Nein, nein, das ist keine Kunst", deutet Dunphy auf eine Abbildung, die eine scheinbar glücklich blickende Frauenfigur mit frei gelegten Muskelfasern zeigt. „Hagens ist kein Künstler, sondern ein Anatom, ein Mediziner, vielleicht sogar ein Medizinmann. Wie ein Sektenführer versammelt er Anhänger um sich, die ihm ihren eigenen Körper opfern, das ist ein religiöses Ritual, keine künstlerische Aktion."

„Hirst hat doch auch die Pillen und das Apothekerzimmer ...", erinnert sich Kate dunkel an medizinische Bezüge im Werk des berühmten BritArt-Künstlers.

„Das Apothekerzimmer ist eine Metapher, kein Abbild und auch kein Spiegelbild, genauso wie der Hai und alle anderen Tierobjekte Metaphern sind", kontert Dunphy. „Die Objekte als Objekte sind Nebensache. Wären sie die Hauptsache, dann könnte man sie genauso gut in einem Naturkundemuseum ausstellen", doziert er etwas blasiert.

Warum eigentlich nicht?, denkt Kate und merkt an, mehr als Stichwort, weniger als Frage: „Der mit Diamanten besetzte Totenschädel ..."

„Sie kennen wohl den Titel des Werkes? For the Love of God. Was ist die Liebe Gottes wert? 50 Millionen Pfund, hat der Käufer dieses Werkes entschieden. Alles ist käuflich, sagen Zyniker. Nur die Liebe nicht, sagen die Frommen. Alles, sogar die Liebe Gottes, ist käuflich, postuliert der Künstler Damien Hirst. Basis des mit 8.601 Diamanten besetzten Objekts ist übrigens ein Platinabguss eines Totenschädels. Ein echter Mensch oder dessen Überreste könnten nie zum Gegenstand von Hirsts metaphorischen Objekten werden. Nicht einmal ein Totenkopf. Der Mensch ist nie Objekt, sondern immer Subjekt." Dunphy zeigt dabei mit seinem rechten Zeigefinger auf den Hagens-Katalog und fügt hinzu: „Der Mensch ist für die Medizin, für die Wissenschaft und vor allem für die Wirtschaft bloß ein Objekt, aber für die Kunst ist der Mensch das Subjekt aller Subjekte!"

Unauffällig wischt er mit der linken Hand eine Mappe von der Tischplatte in die Schreibtischlade, während er mit dem erhobenen Zeigefinger seiner rechten Hand ostentativ den Plastinator anklagt.

Nicht unauffällig genug für das scharfe Auge der Reporterin Kate, die nur noch mit einem Ohr den monologischen Ausführungen des

Kunstmanagers zuhört, während sie gleichzeitig versucht, zwischen den Zeilen Informationen über die Künstler zu erhaschen. *Sie müssen hier noch irgendwo eine deutliche Spur hinterlassen haben, die mich weiterbringt,* denkt sie. Dass Dunphy gar so unauffällig versucht, diese Mappe, die ihr bislang auf dem unordentlichen Schreibtisch nicht aufgefallen war, verschwinden zu lassen, ist für die Reporterin der erste stichhaltige Beweis, dass er etwas verbergen will. Wie kann sie ihn jetzt überrumpeln? Am besten mit einer frontalen Frage.

„Verwendet Damien Hirst auch Pseudonyme?"

„He is a formidable global brand", wiederholt Dunphy wie der Prophet seines Herrn das oberste Gebot. „Wozu sollte er das machen?"

„Damien First", lässt Kate in ihrer Intonation offen, ob es sich um eine Frage oder eine Antwort handelt.

„First? Damien First? Ein guter Scherz. Nein, ein schlechter Scherz. Wer soll das sein?" Der Kunstmanager legt seine Hand auf die Lade, schiebt diese aber nicht zu, weil er sich mittlerweile direkt beobachtet fühlt.

„Das ist ..." Kate spricht nicht weiter, sondern unterbricht sich selbst mit einem Hustenanfall. So gut vorgetäuscht, dass Dunphy sofort aufspringt, um aus der Kochnische ein Glas Wasser zu holen.

Kate steht abrupt auf, beugt sich wie vom Husten geplagt über den Tisch, gerade lange genug, um zu sehen, was Dunphy im Schreibtisch versenkt hat: eine handgearbeitete Mappe mit der Aufschrift „Damien First. Mein Testament".

Kapitel 5 – Das Laboratorium

„Das gemäß § 1 Urheberrechtsgesetz geschützte Werk ‚7 KünstlerInnen' von Damien First wurde laut Berichten internationaler Nachrichtenagenturen durch Einwirkung gerichtsmedizinischer Untersuchungen zweckentfremdet und erheblich beschädigt, wodurch dem Eigentümer des Werkes, Wladimir Rasputin in Vertretung des Fond Wosroschdenija Lenina (FWL), ein erheblicher Schaden, dessen genaue Höhe noch zu bewerten sein wird, entstanden ist. Gemäß § 33, Absatz 2 Urheberrechtsgesetz darf ‚7 KünstlerInnen' als eigentümliche geistige Schöpfung nicht weiter ... und muss ab sofort ... Folglich verlangen wir, jegliche Form der Beschädigung oder Veränderungen zu welchen Zwecken auch immer unverzüglich zu unterlassen."

Die einstweilige Verfügung der Anwaltskanzlei Peter Langhansky und Partner im Auftrag des Fond Wosroschdenija Lenina liegt bereits auf dem Tisch, als der Kommissar aus dem Café Eiles zurückkehrt. Weiters Androhungen auf Schadenersatz und ein paar russische Dokumente, offenbar die Ausfuhrgenehmigungen. *Das hat gerade noch gefehlt! Nach der Obduktion von Maria mussten wegen eines akuten Falles des Drogenezernates die Obduktionen der verbliebenen sechs Künstler aufgeschoben werden. Jetzt fehlen wichtige Informationen über die Todesursachen der anderen Künstler, die uns weitergebracht hätten,* ärgert sich Ohnesorg und lässt seine Frustration an seinem Adjutanten aus:

„Wo bleiben die Infos über Rasputin?", schreit der Kommissar, noch während er die Durchwahl des jungen Inspektors auf seinem Telefon eintippt, wohl wissend, dass dieser ihn durch die geschlossene Tür genauso gut hört wie durch das Telefon.

„Leider gibt es über Rasputin keine Infos. Außer natürlich über Grigori Rasputin und den Zaren. Aber über Wladimir Rasputin oder einen Kunstsammler Rasputin war nichts zu finden, nichts im Artnet, nichts im Politischen Almanach, nichts vom Außenamt und nicht einmal auf Google gibt es etwas", berichtet der junge Inspektor.

„Dann bringen Sie mir in 30 Minuten noch mal Larissa Königshofer", schließt Ohnesorg wie immer abrupt das Gespräch.

Er möchte sich nicht wieder vor der Galeristin blamieren und re-kapituliert akribisch den Stand seines Wissens, indem er Fakten und Vermutungen auseinanderdividiert. Zu den Fakten zählt er die enge Bekanntschaft, wahrscheinlich Freundschaft aller sieben aus-gestellten Künstler, die Geburtstagsfeier von Stradal, die Reise nach London, die Vernissage im Kunstraum und die eindeutige Identifi-zierung von Maria und ihren Obduktionsbericht. Zu den Vermu-tungen gehören eine Mordtheorie, eine Selbstmordtheorie. *Mehr als Vermutungen, nämlich wüste Spekulationen, sind die Unfalltheorie und die These der fahrlässigen Tötung – und das betrifft nur Maria, die sechs anderen Künstler müssen wir vorerst auf Eis legen, besser gesagt unter Verschluss konserviert halten,* denkt Ohnesorg und schreibt auf einer neuen Seite seines Notizblocks:

Offene Fragen
– Wer kann so etwas tun (moralisch, organisatorisch, technisch)?
– Wer hat ein Motiv? Und welches Motiv?
– Was wissen die Königshofers (weiß sie mehr als er)?
– Welche Rolle spielt Rasputin?
– Wer ist Damien First?

„Ihr Studienfreund Rasputin ist ja heute ziemlich einflussreich", be-ginnt Ohnesorg das neuerliche Verhör von Larissa Königshofer. Und das war auch schon das Einzige, was er über Rasputin, der in kürzester Zeit über Grenzen hinweg eine einstweilige Verfügung erwirken kann, bisher in Erfahrung gebracht hat. Alle anderen De-tails muss Ohnesorg nun aus Larissa herauskitzeln, ohne ihr zu ver-raten, dass er in Wahrheit nichts weiß.

„Das kann man wohl sagen", antwortet Larissa, ohne mit einer Miene zu verraten, was sie damit sehr bewusst nicht sagt.

„Sie waren nach Abschluss Ihres Studiums regelmäßig mit Raspu-tin in Kontakt?"

„Nein, wir haben uns bald aus den Augen verloren. Die Mädchen waren in der Sowjetunion de facto nicht ganz so gleichberechtigt, wie es das System de jure predigte. Während die Burschen mit ihrem Diplom-Abschluss als Dolmetscher in den diplomatischen Dienst gingen oder in sonstigen Auslandsvertretungen oder bei

Wirtschaftsdelegationen unterkamen, mussten wir Mädchen in den Schuldienst. Ich hatte noch Glück, dass ich in Moskau bleiben konnte und nicht die Stelle in Woronesch antreten musste."

„Aber Sie haben die Karriere von Rasputin wohl weiterverfolgt?"

„Nein, erst als er nach dem Ende der Sowjetunion im Beraterkreis von Anatoli Sobtschak auftauchte, hat man ihn in den Medien öfter gesehen." Nach einer kurzen Pause, in der Larissa auf die nächste Frage wartend bemerkt, dass der Kommissar mit dem Namen Sobtschak nichts anfangen kann, ergänzt sie: „Sobtschak war in den 90er-Jahren Bürgermeister von St. Petersburg."

„Also ist Rasputin in St. Petersburg zu Hause?"

„Jetzt nicht mehr, er ging mit Putin nach Moskau."

„Mit Putin nach Moskau? Wann genau?"

„Zu Putins erster Amtszeit, also vor mindestens zehn Jahren."

„Und welche Funktion übt Rasputin heute eigentlich genau aus?"

„Er ist Präsident ..."

„Habe ich da was versäumt? Nach meinem bisherigen Wissensstand ist ein gewisser Medwedew Präsident von Putin ... äh, Präsident Russlands."

„Lassen Sie mich bitte aussprechen! Rasputin ist Präsident des FWL, Fond Wosroschdenija Lenina, auf Deutsch nicht ganz einfach zu übersetzen. Wörtlich: Fonds der Auferstehung Lenins.."

„Ach, den Lenin-Kult gibt's bis heute, und der wird sogar von Ihrem Rasputin wiederbelebt?", staunt Ohnesorg, der sich noch aus der Schulzeit an Fernsehdokumentationen über sowjetische Militärparaden erinnern kann. Soldaten und schweres Kriegsgerät zogen vor dem Lenin-Mausoleum, auf dem die hohen, in dicke Pelzmäntel eingepackten Parteifunktionäre standen, vorbei.

„Ich habe Sie doch gebeten, mich ausreden zu lassen! Natürlich hat Rasputin nichts mit dem alten, sowjetischen Lenin-Kult zu schaffen. Lenin und das Lenin-Mausoleum sind zwar noch ein kleiner Teil des FWL, aber die sinngemäß richtige Übersetzung ist: Fonds zur Erneuerung LENINs, wobei mit LENIN nicht der Gründer der Sowjetunion, Wladimir Iljitsch Lenin, gemeint ist, sondern ein Akronym, das für Laboratorija Estestwennych Nauk i Namjokow steht. Auf Deutsch: Laboratorium für Natur-Wissenschaften und -Andeutungen. Gemeint ist ein Forschungsinstitut für Naturwissenschaften und Grenzwissenschaften. Zu Sowjetzeiten hat ständig ein Team von zehn bis zwanzig Wissenschaftlern an der Konservierung von Lenins Leichnam gearbeitet. Sie können sich vorstellen, dass in 70 Jahren enormes Wissen angesammelt wurde, das nun in ganz andere Forschungen einfließt."

„Konkret?"

„Ich kenne keine Details, aber eines kann ich Ihnen versichern: Durch den Auftrag zur Konservierung Lenins haben sich die Wissenschaftler des Lenin-Mausoleums früh mit Regenerationstechnik und in der Folge mit Gentechnik beschäftigt. Auch in der Stammzellenforschung war Russland schon zu Sowjetzeiten sehr weit, hat aber – damals wohl aus ideologischem Kalkül – nie etwas publiziert. Außerdem war in Russland neben den Naturwissenschaften auch die Erforschung von sogenannten paranormalen Phänomenen immer sehr wichtig. Im FWL werden bis irdische und außerirdische Phänomene genauso ernsthaft analysiert wie empirisch bewiesene Tatsachen."

„Wie groß ist denn dieses LENIN-Labor?"

„Sicher eines der größten außeruniversitären Institute Russlands, wahrscheinlich das größte. Wowa erklärte mir einmal, die Kunstsammlung des FWL zahle er aus der Portokasse."

„Heißt das, Wowa Rasputin ist kein privater Sammler, sondern sammelt im Auftrag des FWL?"

„Ja, sicher. Zumindest den Großteil der Hyperrealismussammlung hat er im Auftrag des FWL angeschafft. Die Sammlung ist bis jetzt nicht öffentlich – bis auf das historische Schaustück im Lenin-Mausoleum."

Vor den Augen des Kommissars tun sich neue Abgründe auf. Dieser Wowa Rasputin wird ihm langsam unheimlich. Die Verdachtslage verdichtet sich, dass hier ein Mann die Fäden zieht, der sich seiner Sache sicher ist, dessen Aktivitäten offenbar von höchster Stelle gefördert und im Ernstfall auch gedeckt werden. *Wenn dieser ominöse Wowa für den Mord oder die fahrlässige Tötung von Maria verantwortlich ist,* so überlegt Ohnesorg weiter, *dann wären Larissa Königshofer und ihr Mann wohl die wichtigsten Zeugen. Aber werden sie einen treuen Sammler, einen ihrer wichtigsten Geldgeber, belasten?*

„Wann haben Sie Wowa das letzte Mal getroffen?"

„Im Vorjahr, zu Ostern. Ich hab Maria nach Moskau begleitet, wo sie Arbeiten für die Art Moskwa umsetzen wollte. Sie hat in den Werkstätten des Lenin-Mausoleums ein Atelier bekommen, ich habe die bürokratischen Details geklärt, und wir haben uns vor meinem Rückflug in der Bar des Hotels Metropol getroffen, Maria, Wowa und ich."

„Und später haben Sie Wowa nicht mehr gesehen? Die Vorbereitung Ihrer aktuellen Ausstellung im Kunstraum muss ja einigen Aufwand verursacht haben."

„Nein, ganz im Gegenteil. Wowa hat uns ein halbes Jahr vor der Eröffnung gebeten, die Ausstellung einzuplanen. Wir mussten nur die Einladungskarten produzieren und versenden, den Rest hat Wowa abgewickelt, denn in Russland wird nur das, was über offizielle amtliche Kanäle läuft, ganz unbürokratisch erledigt."

„Sie meinen auf Anordnung von ganz oben."

„Ganz oben, sehr weit oben, das weiß ich auch nicht so genau. Tatsache ist, dass Wladimir Iljitsch Lenin auch nach der Wende nicht begraben wurde und dass er heute als Symbol für LENIN, also das Labor, irgendwie immer noch die offizielle Staatsmacht repräsentiert."

Ohnesorg muss das alles erst einmal verdauen. Hastig fragt er: „Wann haben Sie eigentlich die sogenannte Installation ‚7 KünstlerInnen' das erste Mal gesehen?"

„Zwei Tage vor der Eröffnung. Ich muss gestehen, ich war emotional genauso erschüttert wie das Publikum bei der Vernissage. Als die Glaszylinder mit den Figuren ausgepackt wurden, habe ich im ersten Moment gedacht, es handelt sich um die echten Künstler."

„Und was denken Sie jetzt?"

„Es handelt sich um hyperrealistische Arbeiten, die Damien First mit Unterstützung des LENIN-Labors herstellen konnte."

„Ist Damien First nun Kurator oder Künstler oder eine Art Madame Tussaud?"

„First und Tussaud? Das ist so, als würden Sie eine Kinderzeichnung mit einer Meisterzeichnung von Picasso vergleichen. Damien First habe ich nie kennengelernt. Es ist ein Pseudonym, das ist ja klar. Es könnte durchaus eine russische Künstlergruppe wie Blue Noses sein, die sich mit der Anspielung auf Damien Hirst ihren Spaß erlaubt. Künstler und Kurator sind dabei nur zwei Seiten im künstlerischen Produktionsumfeld, so wie Konzept und Realisierung. Jedenfalls hat Damien First mit der Installation ,7 KünstlerInnen' völlig neue Maßstäbe für den Realismus und den Hyperrealismus gesetzt."

Ohnesorg denkt kurz daran, die Galeristin mit dem Obduktionsbericht zu konfrontieren. Aber stattdessen ruft er den Inspektor zu sich. „Erledigen Sie die Formalitäten zur Entlassung von Frau Königshofer!" Scheinbar ungeduldig, klopft der Kommissar die ersten Takte des Radetzky-Marsches auf der Tischplatte, bis Frau Königshofer das Zimmer verlassen hat.

Der Adjutant des Kommissars weiß, wie er diese Klopfzeichen zu deuten hat.

Larissa und Hugo Königshofer fallen als Täter wohl aus. Trotzdem beschließt der Kommissar, den Galeristen bis zur letzten Minute der 48 Stunden, die ihm das Gesetz bei Gefahr im Verzug gewährt, in Einzelhaft zu lassen. Gleichzeitig lässt er die Galeristin laufen und ab sofort rund um die Uhr observieren. Wenn Ohnesorg seinem Adjutanten per Klopfzeichen den Auftrag zur Observierung einer Person erteilt, so weiß dieser, dass er nicht erst auf einen richterlichen Beschluss warten soll, um alles, wirklich alles aufzudecken und mitzuhören.

Eher selten bekommt der Kommissar eine SMS, denn seit er seinen BlackBerry hat, verschickt er auch mobil lieber E-Mails als SMS. Ohnesorg klickt auf das Symbol und liest: „Hinweise auf den Mörder im Atelier von Damien Hirst gefunden. Bin in zwei Stunden in Wien. 07:30 Uhr im Prückel? Stich."

Der Kommissar, der in Gedanken noch in Moskau weilt, fürchtet, dass Kate wieder einmal in guter Absicht in die falsche Richtung unterwegs ist. *Immerhin hat sie schon mal einen Täter buchstäblich zu einem Geständnis verführt, aber man soll ja nicht nachtragend sein, besonders nicht bei seinen besten Freunden und schon gar nicht bei seinen besten Freundinnen ...*

„Hatten Sie genug Zeit in der Zelle, Ihre Identitätstheorien zu hinterfragen?", begrüßt der Kommissar den Galeristen Hugo Königshofer in seiner üblichen Form, ohne dass ihm als Gruß ein Hauch von Freundlichkeit über die Lippen gekommen wäre.

„Darf ich den Obduktionsbericht sehen?", kommt Königshofer seinerseits direkt zur Sache.

„Kein Problem!" Der Kommissar reicht ihm den zweiseitigen Bericht und beobachtet sehr genau die Mimik des Galeristen. Er kann aber keine verräterische Geste entdecken, während dieser liest. Am Ende angelangt, schließt Königshofer die Augen und hält die Blätter eine Weile vor sein Gesicht. Kraftlos legt er den Bericht zurück auf den Schreibtisch des Kommissars, schaut den Kommissar zweifelnd an, sucht offenbar nach den richtigen Worten und überrascht den Kommissar mit der Aussage: „Ich vermute, Larissa steckt da ganz tief drinnen."

„Können Sie Ihre Vermutungen präzisieren?"

Königshofer sucht nach einem Anfang: „Voriges Jahr, nein, dieses Jahr war sie dreimal in Moskau, immer sehr kurzfristig, jedes Mal mit der Begründung, ihre Mutter brauche sie. Und dann ständig so komische Anspielungen auf Euthanasie. Euthanasie als humanere Form, das Leben zu beenden, als jahrelang am Tropf zu hängen. Aber der Mutter geht es gut wie eh und je. Der fehlt nichts. Rückblickend fällt mir auf, dass sie auch Artikel über diesen niederländischen Euthanasiearzt gesammelt hat, der kürzlich verurteilt wurde. Schon komisch, jedes Mal nach ihren Moskaureisen hat sie mir neue Euthanasiethemen serviert. Und angeblich soll ein Euthanasiegesetz in Russland beschlossen werden, hat sie mir erst vor einigen Wochen unvermittelt mitgeteilt. Oder es wurde schon beschlossen. Begonnen haben ihre komischen Meinungen und

Vorstellungen voriges Jahr, am 15. August bei Stradals Geburtstagsfeier. Auf dem Heimweg springt sie plötzlich beim Karlsplatz aus dem Auto, erklärt mir, sie habe etwas im Atelier von Stradal vergessen und müsse zurück, und ist dann erst nach Mitternacht mit dem Taxi heimgekommen. Da hatte sie sicher mehrere Promille intus, war am nächsten Tag erst mittags wieder ansprechbar, aber auch wieder nicht ansprechbar. Sonst erzählt sie gerne lang und breit, aber diesmal kein Wort. Erst nach mehreren Wochen hat sie angefangen, über Maria zu reden. Über ihr Verschwinden Vermutungen angestellt. Vorwiegend hat sie aber interessiert, was mit dem Nachlass passiert, das sei nicht geregelt. Und sie hat dann öfter angefangen, über Nachlassverträge zu reden. Wenn wieder was passiert wie mit Maria Wonderland, hat sie gemeint, wenn heute ein Künstler stirbt, man wisse nie, die meisten unserer Künstler sind um die sechzig oder darüber, man müsse rechtzeitig Rechtssicherheit herstellen, nicht nur in unserem Interesse als Galerie, sondern auch im Interesse der Künstler und ihrer Verwandten. Nach einigen Monaten hat sie unseren Anwalt, Langhansky, beauftragt, einen Entwurf auszuarbeiten. Von Tony Kuss hat sie die Unterschrift zum Nachlassvertrag in kürzester Zeit bekommen, er war schon unter Vertrag und seine Weltmaschine zu einem Großteil im Besitz der Galerie. Mit Castor und Stradal hat sie sich wohl auch geeinigt, obwohl ich nicht sicher sagen kann, ob sie bereits unterschrieben haben, da müssen Sie Larissa fragen. Ich denke jetzt nur an die Künstler unserer Galerie, die sozusagen im Pensionsalter sind. Aber was mir mehr Sorgen bereitet, waren ihre zum Teil schon abstrusen Vorstellungen. Abstrus zumindest für einen aufgeklärten Europäer, die Russen pflegen ja immer einen gewissen Hang zur Esoterik. Ihre komischen Meinungen über Selbstbestimmung von der Geburt bis zum Tode. Selbstbestimmte Geburt – eine Mischung aus Reinkarnationslehre und Biogenetik. Und in dieser Logik fungiert der selbstbestimmte Tod als unabdingbare Vorstufe zur selbstbestimmten Wiedergeburt."

Nachdenklich verstummt der Galerist.

Ohnesorg weiß, dass er jetzt vorsichtig sein muss, nichts übereilen, nur nicht drängen. Nach einer langen Minute – gefühlte zehn Minuten – unterbricht der Kommissar dennoch das Schweigen:

„Meinen Sie, dass Maria Wonderland durch Euthanasie ins Jenseits befördert wurde?"

Der Galerist schweigt weiter, und der Kommissar formuliert nach einer angemessenen Pause seine Frage noch schärfer: „Meinen Sie, dass die sieben Künstler Opfer eines Euthanasieprogramms wurden?" Königshofer schweigt weiter, schüttelt nur den Kopf, wobei ein behäbiges, schwerfälliges „NEIN" nahtlos übergeht in ein kurzes, rhythmisches „JA".

„Wollen Sie die Fakten zu Protokoll geben?"

Diese Frage des Kommissars reißt den Galeristen wie aus einer Trance, als wäre er gerade aus einer anderen Welt zurückgekehrt. „Welches Protokoll? Welche Fakten? Ich habe nur Vermutungen geäußert."

„Passenger Kathrin Stich, please proceed to gate B 11, flight 207 to Vienna."

Beim ersten Aufruf dachte Kate noch, sie träume. Beim zweiten Aufruf wusste sie, sie hatte wirklich geträumt. Aber der Aufruf war echt!

Wo bin ich, wie bin ich hierhergelangt, wie spät ist es, habe ich geschlafen, warum habe ich geschlafen, wo mein Ticket, wo ist gate B 11? Bevor die Journalistin dieses Wirrwarr an Fragen chronologisch ordnen kann, reißt sie instinktiv ihre Tasche auf, sieht ihr Flugticket darin liegen, rennt los zum Gate B, stürmt an der längsten Schlange vorbei zur Röntgen- und Passkontrolle und wiederholt keuchend den regulär wartenden, murrenden Fluggästen und den Kontrollbeamten gegenüber nur die Lautsprecherdurchsage „Last call: Miss Kathrin Stich". In der Weltrekordzeit von weniger als drei Minuten erreicht sie Gate B 11, wo noch cirka 15 Leute vor dem Abflugschalter stehen und recht gemächlich ihre Platzkarten entgegennehmen, bevor sie durch einen langen Tunnel ins Flugzeug verschwinden.

„Kathrin Stich – excuse me", sagt Kate zur Stewardess, die nichts weiter zur Antwort gibt als ihr routiniertes „Good evening, welcome on board!".

Der Sturm, der Kate bei der Landung zu schaffen gemacht hatte, hat sich offenbar gelegt, die Boeing 737 hebt pünktlich und sanft um 3.45 p.m. Greenwich Mean Time vom Flughafen Heathrow ab. Schon verlangt der Steward, die Handys und Computer auszuschalten, aber Kate schickt noch schnell eine SMS: „Hinweise auf den Mörder im Atelier von Damien Hirst gefunden. Bin in zwei Stunden in Wien. 07:30 Uhr im Prückel? Stich."

Endlich kommt die Reporterin dazu, ihre Gedanken zu ordnen: *Wie bin ich zum Flughafen gekommen? Dunphy, dieser Mistkerl, hat mir was ins Wasser gemischt. Ziemlich heftiges Zeug, wenn das in wenigen Sekunden wirkt. Ich habe das Glas in einem Zug geleert. Dann war ich weg, ich kann mich an nichts mehr erinnern. Vorher nichts gegessen und getrunken. Nicht einmal eine Cola oder einen Tee hat mir Dunphy angeboten. Gastfreundschaft der britischen Art. Und dann in* einem Zug das Wasser mit dem Schlafmittel runtergeschüttet. Kann Schlafmittel so schnell wirken? Vielleicht gemixt mit einer anderen Droge. Genau das ist seine Strategie. Oder die Strategie seines Meisters. Zuerst austrocknen lassen, damit man dann das Wasser gierig in sich reinschüttet. So hat er es wohl auch mit den sieben Künstlern gemacht. Oder fünf Künstlern. Warum fünf? Eine Lady und vier Gentlemen. Wo waren die anderen Künstlerinnen? Ist Wonderland in der Gruppe gewesen? Der Chauffeur hat die Fans weggebracht. Auf Anordnung von Hirst. Da wird es ihm ja nicht schwergefallen sein, mich allein abzutransportieren. Aber warum zum Flughafen und nicht in das Teufelslabor von Hirst? Vielleicht hat Dunphy in letzter Minute Mitleid mit mir gehabt und mich zum Flughafen statt zum Präparator gebracht. Er ist ja gar nicht so übel. Hirst ist sicher der Drahtzieher. Dem kann man alles zutrauen. Aber wozu macht er das? Offenbar braucht er den Kick. Konservierte Fische und ausgestopfte Säugetiere sind ihm wohl schon zu langweilig. Ein Hai im Wohnzimmer – das ist gruselig. Aber echte Menschen in einer Ausstellung? So ein Horrorbild gab es bisher noch nicht. Schockieren um jeden Preis. Zuerst die Unterschrift auf den Arsch und dann ab ins Labor. Die Signierstunde war für Castor und seine Kumpanen sicher eine richtige Hetz. Ich kann mir das Gelächter gut vorstellen. Aber vielleicht sind sie gar nicht mehr zum Lachen gekommen. Keine Zeit zum Lachen, aber immerhin mit guter Laune ins Jenseits. Gut gelaunt schienen die armen Geschöpfe ja durchaus aus ihren Riesenampullen zu lächeln. Wie aber befördert man fünf oder sogar sieben Personen gleichzeitig ins Jenseits? Mit Schampus anstoßen, noch einen Toast auf den Künstler und ex. Ex für immer und ewig! Ergibt das wirklich einen Sinn? Hirst ist gewiss berechnend und zynisch, aber ist er auch wahnsinnig? So wahnsinnig, seine eigene Existenz aufs Spiel zu setzen? Ein Serienmord, ohne die offensichtlichen Spuren zu verwischen? Der Wahnsinn dieser Tat und das Kalkül seiner bisherigen Projekte passen nicht zusammen. Haben sich die sieben Künstler freiwillig ausgeliefert? Oder fünf. Warum waren nur fünf da? Fünf im internationalen Maßstab unbedeutende Künstler wollen durch die Signatur von Hirst an Bedeutung gewinnen. Und ewig leben. Von Hirst verewigt. So gesehen haben diese Künstler ein stärkeres Motiv als Hirst. Kollektiver Selbstmord, so wie bei dieser amerikanischen Sekte vor vielen Jahren. Auferstehung und ewiges Leben im Kunstolymp. Die Himmelfahrt ein-

mal anders. Christi Himmelfahrtskommando – war das nicht eine der Installationen von Wonderland? Oder eines ihrer Konzepte? Welche Rolle spielt die Wonderland in dem ganzen Spiel? Sie muss wohl schon früher bei Hirst gewesen sein. Sein erstes Opfer? Vielleicht war sie ja Mitarbeiterin in der Factory von Hirst. Bei dem riesigen Mitarbeiterstab, den Hirst beschäftigt, leicht möglich. Eventuell hat sie ihre Freunde zu Hirst eingeladen – als sie noch dazu imstande war. Shit, ich weiß so gut wie nichts! Wenn ich bloß einen Blick in die Mappe geworfen hätte. Ich bin immer noch viel zu vorsichtig. Nur einen Schritt von der Information entfernt und doch kilometerweit weg. Hätte ich bloß einen Blick riskiert – was riskiert man schon mit einem Blick? Klar ist nur, dass Dunphy das Testament verstecken wollte. Das Testament von Damien First. Oder stand da doch Damien Hirst? Hirst, First. Mein Testament. Mein Testament und nicht my testament! Das ist es! Spricht Hirst eigentlich Deutsch? Das ist der springende Punkt!

Kate lehnt sich zurück. Die roten Lichter über den Korridoren signalisieren den Fluggästen, sich anzuschnallen. Der Flieger dockt nach der Landung an Pier 3 an. Die Journalistin eilt durch die Korridore zum Ausgang, kein Gepäck, wenigstens das ist angenehm bei Businesstrips. Sie steuert die Bushaltestelle an. Der Bus fährt in zehn Minuten ab, das spart Geld fürs Taxi. Könnte sie zwar der Redaktion verrechnen, aber was soll's? Zehn Minuten Unterschied, und Werner, den sie unter vier Augen „mein Kommissar" nennt, wartet ohnehin erst um 07:30 Uhr auf sie. Bleibt gerade noch Zeit, um sich die neuesten Zeitungen beim Kolporteur zu holen, die Tagespresse und den ewigen Mitbewerber, den Abendkurier. Und schnell noch die Krone Österreichs, die Kate mit dem Titel „Serienmord im Kunstmiliö!" förmlich anspringt.

„Der ‚Kunstraum' als Gruselkabinett", titelt die Tagespresse, darunter das Foto von Maria Wonderland, die scheinbar lächelnd, irgendwie jenseitig und doch sehr gegenwärtig, aus der Glasampulle blickt. Schon erstaunlich, welche Fotoqualität das iPhone liefert, freut sich Kate und bemüht sich, den Gedanken zu verdrängen, dass es dafür –

und natürlich auch für die Fotos im Blattinneren und für alle Fotos, die die Redaktion mittlerweile über die Austria Presse Agentur verkauft hat – ein recht ordentliches Zusatzhonorar gibt. Der Abendkurier hat die Vorbereitungen zum G20-Gipfel als langweiligen Aufmacher gewählt, über den Kunstskandal nur eine Randnotiz. Kate freut sich über den Informationsvorsprung, den sie der Tagespresse verschafft hat, und steigt in den Bus. Sie setzt sich in die zweite Reihe, richtet das Leselicht auf die Zeitung und blättert vor auf die Seiten 18 und 19 zu ihrem Artikel:

Der „Kunstraum" stellt makabere Installation zur Schau

Wenn es ein Künstler darauf angelegt hat, Betroffenheit beim Publikum auszulösen, so ist das gestern Abend bei einer Vernissage im Kunstraum mehr als je zuvor gelungen. Denn sieben getötete Künstler – eingelegt in Formaldehyd – waren Gegenstand einer Ausstellung des Kurators Damien First. Wer steckt hinter diesem Namen? Ein Künstler als Täter, ein Kurator als Serienmörder? Diese Frage wird noch zu klären sein.

Ein Jahr lang hatte sie nichts von ihrer Tochter, der Künstlerin Maria Wonderland, gehört. Jetzt blickte Emilie Wonderland der lang Vermissten ins Gesicht: als – effektvoll inszeniert – während der Eröffnungsrede des Galeristen Hugo Königshofer die Scheinwerfer eingeschaltet wurden und ans Licht brachten, was vorher im Halbdunkel verborgen geblieben war. Die international renommierte Künstlerin Maria Wonderland war wieder da – eingelegt wie ein riesiges Essiggurkerl in einem über-dimensionierten Gurkenglas. Geschockt brach die Mutter der Künstlerin beim Anblick ihrer Tochter zusammen. Dank der Ersten Hilfe eines anwesenden Arztes kam Emilie Wonderland aber schnell wieder zu sich.

Betroffenheit löste diese Ausstellung nicht nur beim prominenten Publikum aus, unter ihnen Fiona Pacifico Griffini-Grasser und Ofina Atlantico Grassini-Griffel, sondern umso mehr bei den Angehörigen der sechs weiteren Opfer, die ebenso wie Wonderland den voyeuristischen Blicken des

Publikums preisgegeben waren. Nackt, wie Gott sie geschaffen hatte, eingelegt in Formaldehyd in zwei Meter hohen Glaszylindern. Anwesende Freunde und Verwandte bestätigten, dass es sich bei den „7 KünstlerInnen" neben Maria Wonderland um folgende Personen handelt: Alfred Castor, Tony Kuss, Ernest Stradal aus Wien, Igor Leonski und Marina Besrodnych (Moskau) sowie Wonda McQueen aus London, die erst kürzlich in Berlin eine vielbeachtete Ausstellung eröffnet hatte.

Kein Wunder, dass die Identifikation der ausgestellten Künstlerinnen und Künstler einen Tumult auslöste, denn nicht nur Verwandte, sondern auch viele Freunde der Künstler waren zur Eröffnung gekommen. Der Galerist Hugo Königshofer und seine Frau Larissa nutzten das Durcheinander, um abzutauchen. Die Tagespresse berichtete darüber in der gestrigen Ausgabe exklusiv.

Mit der Polizei traf auch Kommissar Werner Ohnesorg am Schauplatz ein, der noch bis kurz vor Mitternacht alle anwesenden Besucher der Vernissage vernehmen konnte. Besonders wertvoll waren Aussagen der Verwandten und Freunde der zur Schau gestellten „7 KünstlerInnen". Die Puzzlestücke ergaben ein geschlossenes Bild, das direkt nach London führte. Dort wohnte ein Teil der befreundeten „7 KünstlerInnen" noch Anfang dieser Woche der Eröffnung der Ausstellung des britischen Shootingstars Damien Hirst in der Tate Gallery bei. Auf bisher ungeklärte Weise verloren sich die Spuren in London. So konnte die Frau von Alfred Castor den Künstler seit mehreren Tagen nicht mehr auf seinem Handy erreichen. Auch kam er gestern am späten Nachmittag nicht wie geplant in Wien an. Die Gründe dafür kamen bei der Eröffnung der Ausstellung ans Licht. Castor war einer der sieben ausgestellten Künstler.

Das Galeristenehepaar, für beide gilt die Unschuldsvermutung, konnte noch am späten Abend gestellt werden. Die Polizei vernahm sie heute Vormittag. Wie die Tagespresse erfahren konnte, wollen beide nichts von Mord wissen, sondern zeigten sich überrascht über die Aufregung, die ein rein künstlerisches Projekt verursacht habe. Demnach beharren der Galerist und seine Frau darauf, dass es sich bei der „Installation" um rein künstlerische Absichten und entsprechende Kunstobjekte handle. Was das illustre Pärchen, in der Szene bekannt als Kleiner Brauner und Große Blonde, zu dem Zeitpunkt offenbar noch nicht kannte, das war der Obduktionsbericht.

Der Tagespresse liegen die gerichtsmedizinischen Ergebnisse exklusiv vor. Demnach ist die Künstlerin Maria Wonderland an einer Überdosis Flunitrazepam gestorben. Der Wirkstoff befindet sich in dem handelsüblichen Schlafmittel Rohypnol. Ob die Künstlerin eine Überdosis Schlafmittel freiwillig, irrtümlich oder durch Gewalteinwirkung schluckte, kann nach aktuellem Stand der Ermittlungen noch nicht gesagt werden. Jedenfalls legt die Installation „7 KünstlerInnen" nahe, dass es sich nicht um einen unglücklichen Einzelfall handelt, sondern um den bösartigen Plan eines Serientäters. Als „Kurator" der Ausstellung wurde auf der offiziellen Einladung ein gewisser Damien First genannt. Wer sich hinter diesem Kurator, der „aus Termingründen" nicht zur Eröffnung erscheinen konnte, verbirgt, ist bislang ein Rätsel.

Starker Schluss, ist Kate zufrieden mit ihrem Beitrag, aber auch mit ihren Fotos, Maria Wonderland in der Riesenampulle im Hochformat über die ganze Seite, einer Detailansicht von Castors Hintern mit der markanten Signatur, einem Foto von den Besuchern, unter ihnen deutlich zu erkennen die omnipräsenten Society-Ladys und die Mutter von Maria Wonderland. Kate überfliegt das in einem Kasten abgedruckte Interview mit dem Exkanzler Willi Weidling der moniert: „… die Freiheit der Kunst kann nur in bestimmten Grenzen funktionieren. Diese Grenzen sind durch Gesetz, Moral und Menschenwürde vorgegeben. Wir werden uns dafür einsetzen, dass ein Missbrauch dieser Werte …", *laalaalaa, bla bla bla* … Sie blättert weiter auf die Kulturseite, um nachzulesen, welchen Kommentar wohl Franz Weichhart zum Thema des Tages abgeliefert hat. Weichharts Ausführungen stehen unter einem Fragezeichen:

Kunst als Tatmotiv?

„Erstmals in der Kunstgeschichte findet eine Ausstellung statt, in der die ausstellenden Künstler mit den ausgestellten Künstlern identisch sind." Mit diesem vieldeutigen, programmatischen Zitat des „Kurators Damien First" wurde gestern Abend die Ausstellung „7 KünstlerInnen" eröffnet. Die Aussage intendiert ein subtiles Spiel mit Identitäten. Warum wurden gerade diese Künstler zur Schau gestellt respektive deren Identität in Frage gestellt? Wie konnte die frappante Ähnlichkeit mit den echten Künstlern realisiert werden? Und wer ist der Kurator Damien First? Viele Fragen, die Kunsthistoriker und Partygäste noch lange beschäftigt hätten – wenn da nicht ein kleines Detail alle Spekulationen durchkreuzt hätte: Die ausgestellten Künstler sind tatsächlich die leiblichen Überreste jener Künstler, die gemeinsam zu einer Ausstellung des BritArt-Künstlers Damien Hirst nach London gereist waren. Darunter auch Maria Wonderland, die seit einem Jahr als vermisst galt. Bis jetzt kann nicht gesagt werden, ob Damien First mit Damien Hirst identisch ist – die Frage nach der Identität ist hier weniger wichtig als die Frage nach dem Täter. Vieles spricht dafür, dass Damien Hirst, der vor 20 Jahren erstmals mit Haipräparaten die Kunstwelt schockierte, hier eine neue Grenzüberschreitung provoziert hat. Grenzüberschreitungen sind im Kunstbetrieb legitim und notwendig. Legendär sind die Aktionen von Hermann Nitsch mit Fleisch und Blut oder die Beschmutzung von Staatssymbolen durch Günter Brus – beide sind heute anerkannte und vom Staat hoch dekorierte Künstler. Einst vom Staat verfolgt, heute zu Staatskünstlern avanciert. Das beweist nur, dass Künstler oft ihrer Zeit voraus sind. Ist deshalb künstlerische Provokation a priori juristisch legitimiert? Darf der Staat umgekehrt Kunst überhaupt sanktionieren? Oder muss der Staat diese Art von Kunst sanktionieren, wenn Grenzüberschreitung zum Tatmotiv für ein Verbrechen wird? Otto Muehl hat die Antwort auf seine vorgeblich künstlerischen Aktionen, Amtsdeutsch Kindesmissbrauch, erhalten. Das ist auch die Antwort, die ein Damien First verdient, wer im-

Hirst oder First, das ist hier die Frage, und die bleibt beim Kommentar meines lieben Kollegen natürlich offen, denkt Kate. Der Bus fährt bereits den Donaukanal entlang und nähert sich der Endstation. Sie schnappt sich noch schnell den Abendkurier. Auf der Titelseite lediglich eine kleine, einspaltige Ankündigung: **Kunstskandal in Wien.** ... Auf der Chronikseite ein Foto von Maria Wonderland, natürlich eine der Aufnahmen, die Kate bei der Vernissage gemacht hatte, andere Journalisten oder Fotoreporter waren ja nicht anwesend, und nach der Vernehmung aller Vernissagengäste wurde der Kunstraum polizeilich versiegelt. Ansonsten nur eine kurze Erläuterung des Fotos und Verweis auf die Seiten 13 und 14, Kultur:

Damien First vs. Damien Hirst

Ein Kurator und ein Künstler – oder ein Kurator und Künstler in Personalunion? Der Abendkurier bringt Pro und Contra und lässt die Experten sprechen …

Tja, wenn die Fakten fehlen, müssen die Experten sprechen! Kate faltet den Abendkurier zusammen, steckt die Tagespresse dazwischen und alles zusammen in ihre große Handtasche. Noch ein Blick in die Krone Österreichs, wo der Hauspoet seine Ansicht zum Kunstskandal auf Seite 2 in den Wind gereimt hat:

Was hehre Kunst uns lehren will:
Ob Tier, ob Mensch – let's go, let's kill!
Moral und Kunst? Bloß Trug und Schein.
Wer's überlebt – nur der hat Schwein!

Der Bus biegt in den Busbahnhof ein und hält. Kate springt als Erste hinaus und läuft Richtung Stubenring, wo sie im Café Prückel ihren nächsten Termin hat.

Kapitel 7 – Die Hinterbliebenen

In Anbetracht des bevorstehenden langen Wochenendes, das Ohnesorg mit Recherchen und Verhören im Dienst verbringen müssen wird, hat er sich mit vier Packerl Kakao, zwei Kornweckerl und einem Mohnstrudel eingedeckt. Er schiebt den Proviant in den kleinen Bürokühlschrank, den er sich vor vielen Jahren privat angeschafft hat, und legt die Tageszeitungen auf den Stapel mit unerledigten Akten.

Der Abend mit Kate war wie immer lang, aber nicht langweilig, am Ende aber doch kürzer, als er sich gewünscht hätte. Zum Abschied ein Küsschen, nicht mehr. Wirklich weitergebracht hat ihn die rasende Reporterin gestern nicht. *Eine reichlich verworrene Geschichte, sex, drugs and crime, at least drugs and crime,* räsoniert Ohnesorg.

Dass mindestens fünf der sieben Künstlerinnen und Künstler bei Hirst waren, kann man nun zu den Fakten zählen. Die Täterschaft ist damit noch nicht bewiesen, noch nicht einmal die Urheberschaft. Der Urheber ist nach den Vermutungen des Galeristen wohl in Moskau zu finden. Oder auch in Wien, wenn Larissa Königshofer mit der Sache mehr zu tun hat, als sie vorgibt. Aber welche Brücke besteht zwischen London und Moskau? Um nach diesem Missing Link zu suchen, greift Ohnesorg zum Ordner, den sein Adjutant mit „‚7 KünstlerInnen‘, Zeugenaussagen. Biografien. Medienberichte" beschriftet hat. Bevor er die Informationen durcharbeitet, wählt er noch die Nummer von Hermann, die Privatnummer natürlich, denn Hermann Fuhrmann mimt in letzter Zeit den Familienmenschen und hält sich die Wochenenden frei. „Hermann, entschuldige, dass ich am Wochenende ...‘

„Niemals-ohne-Sorgen, was brauchst du denn zu so früher Stunde?", kann sich der griesgrämige Gerichtsmediziner einen Kalauer nicht verkneifen.

„Du hast sicher von der Einstweiligen gehört. Wir dürfen im Fall der ‚7 KünstlerInnen‘ nicht uneingeschränkt weiterarbeiten. Offiziell zumindest keine Obduktionen mehr durchführen", bemüht sich Ohnesorg, der ansonsten auch gerne für einen guten Schmäh zu haben ist, das Gespräch auf die Sachebene zurückzuleiten.

„Gut für dich! Warum genießt du dann den schönen Samstag nicht in deinem Gartenhäuschen?", bleibt Fuhrmann humorig.

„Hermann, hör zu, mir läuft die Zeit davon. Die Objekte, also die Leichname, sollen schon bald nach Gugging, äh, ich meine, ins Guggenheim, nach New York. Dieser Rasputin hat Einfluss. Der schafft noch alle Beweisstücke außer Landes, bevor wir sie untersuchen konnten."

„Gegen die Einstweilige kann ich auch nichts unternehmen, da musst du wohl zum zuständigen Staatsanwalt."

„Man braucht doch heute nicht mehr viel. Ich meine, wir brauchen ja nicht die kompletten Körper aufzuschneiden. Man kann ja heute schon an einem Haar erkennen ..."

„Ein bisschen mehr als ein Haar brauchen wir schon", wehrt Fuhrmann ab. „Aber nicht viel mehr", ergänzt der Pathologe launisch und lässt daran erkennen, dass er neugierig geworden ist.

„Wir könnten uns um eins zum Essen treffen", müht sich Ohnesorg, die angedeutete positive Reaktion Fuhrmanns zu verstärken. Denn er weiß, dass der Pathologe im Zweifelsfall im Interesse der Sache agiert, auch wenn er dabei den einen oder anderen Paragrafen umgehen muss.

Aus Gewohnheit lässt der Pathologe den Kommissar aber noch ein bisschen zappeln: „Da wird mein Mausilein aber was dagegen haben."

„Nimm sie doch mit. Die interessiert sich doch für Kunst, oder?"

„Also dann um eins im Korso", gibt Fuhrmann knorrig zurück, ohne dem Kommissar zu bestätigen, dass er bereit sei, nicht ganz gesetzeskonform Blut- und Gewebeproben von den im Kunstraum verbliebenen sechs Künstlern zu entnehmen.

Zufrieden über den kleinen Etappensieg, legt Ohnesorg den Hörer auf. In der Wahl des teuersten Restaurants der Innenstadt sieht der Kommissar eine der typischen Spitzen des altgedienten Gerichtsmediziners, der im Normalfall extrem knausrig, auf fremde Kosten aber auch ganz gern großzügig zu sich ist. Andererseits ist das Korso nur 100 Schritt vom Kunstraum entfernt, also könnte es auch eine ganz pragmatische Entscheidung ohne Hintergedanken gewesen sein, denn sonst hat ja nicht viel offen am Samstag. Ohnesorg schlägt den Ordner mit den Unterlagen über die ‚7 KünstlerInnen' auf.

Igor Leonski, geb. am 3. März 1953 in Stalingrad (heute Wolgograd), Studium am Stroganow-Institut in Moskau, danach Bühnenbildner im Mariinski-Theater in Leningrad, 1990 Einbürgerung in Deutschland, seit 2001 wieder in Moskau, seit 2002 künstlerischer Leiter des FWL (Fond Wosroschdenija Lenina), ledig, eine Tochter, Monika, derzeit in Moskau.

Telefonprotokoll. Telefonat Monika Leonskaja, Freitag 13:15 Uhr: „Papa ist vor drei, nein, fast vier Wochen nach Deutschland geflogen. Nach Berlin, im November ist ja seine Ausstellung in der Galerie Schulman und Kornfeind. Die Wasserstoffblondine ist mit ihm geflogen. Natürlich kenne ich ihren Namen, Papa ist ja nicht mehr von ihr zu trennen: Marina Besrodnych. Ich? Nein, mit Kunst habe ich nichts zu tun, ich studiere jetzt im zweiten Jahrgang an der Linguistischen Universität Französisch und Deutsch. Zuletzt telefoniert? Papa ruft einmal in der Woche an, zuletzt aus London. Er ist ein großer Fan von Damien Hirst und war natürlich auch zu dessen One Artist Show in der Tate Gallery eingeladen. Genaues Datum? Heute ist Freitag ... genau vor einer Woche haben wir telefoniert. Seither haben wir nicht geredet, aber er müsste ja jetzt noch in Wien sein, dort war auch eine wichtige Ausstellungseröffnung diese Woche. Er ist sicher bei Tante Ira zu erreichen. Tante Ira? Irina Kuss, warten Sie, ich finde gleich die Telefonnummer: 01 3179966. Ja, ja, Irina Kuss, die Frau von Onkel Tony, dem Künstler Tony Kuss. Er ist schon ein bisschen sonderlich, aber ich finde ihn cool. Fabriziert aus Fundstücken eine Weltmaschine. Eine Maschine, die wirklich funktioniert, aber trotzdem nichts produziert. Ich finde das cool, auch wenn viele sagen, er ist ein Kauz und kein Künstler. Er ist halt kein Vermarktungsgenie. Die Amerikaner haben daraus einen Trend kreiert: Recycling Art. Erfunden hat diese Richtung aber Onkel Tony. Tony Kuss ist der Größte, das sagt auch Papa. Die Arbeit meines Papas? Er ist künstlerischer Leiter des FWL, immer noch besser bekannt unter dem früheren Namen ‚Lenin-Mausoleum‘. Was genau? Warten Sie ... huch, ich muss weiter, mein Seminar beginnt in 20 Minuten! Ja, ja, meinen Papa werde ich anrufen! Natürlich, wenn Sie wollen, melde ich mich. Falls Sie ihn vor mir erreichen, richten Sie ihm Liebesgrüße aus Moskau aus.“

Anmerkung: Kein Rückruf bis 22:00 Uhr, wiederholte Anrufe vergebens.

In einem Querverweis informiert der Adjutant den Kommissar, dass er Irina Kuss für Samstag 09:00 Uhr vorgeladen hat.

Wonda McQueen, geb. am 7. Juni 1972 in Liverpool, Studium an der Kunsthochschule London, Einzelausstellungen ..., Gruppenausstellungen ..., Auszeichnungen usw.

Quelle: Website der Künstlerin, Wikipedia, weitere Webquellen ...

Anmerkung: Telefonischer Kontakt konnte nicht hergestellt werden (lediglich Anrufbeantworter).

Der gleiche Geburtstag wie von Maria, fällt dem Kommissar sofort auf. Weiters findet er in der Ausstellungsbiografie „Köln, September 1997" vermerkt. Damals hatte auch Maria ihre erste Auslandsausstellung in Köln, überhaupt die erste Ausstellung im Ausland. Sie war damals 25 und hatte ihr Dolmetschstudium bereits endgültig abgebrochen. Ohnesorg blättert in seinen alten Unterlagen über Maria und findet einen Kurzbericht über „Die Ausstellung der Einstellung" im Kölner Tagblatt: „Zwei Künstlerinnen, eine aus Österreich, die andere aus England, finden mit ihren monochromen Werken in der Kölner Galerie ArtLab zusammen. Aus 100 Bildern im Format 100 × 100 cm bauten die beiden Künstlerinnen eine Rauminstallation auf, fragil wie ein Kartenhaus, und irritierten das Publikum mit konträren Hinweisschildern: Eintritt frei! Betreten verboten! Wonda McQueen und Maria Wonderland – zwei Namen, die man sich merken sollte!"

Marina Besrodnych, geb. am 7. Juni 1972 in Moskau, liest der Kommissar weiter und kann es nicht glauben. Da muss ein Tippfehler vorliegen. Auch der gleiche Geburtstag? Das Läuten des Portiers unterbricht die Spekulationen von Ohnesorg: „Ja, sie soll raufkommen", antwortet er dem Portier, der die Ankunft von Irina Kuss angekündigt hat.

Die meisten verirren sich in den langen Korridoren, aber Irina Kuss klopft bereits nach einer Minute an die Tür des Kommissars. Etwas zu laut fordert er sie auf einzutreten und kompensiert den harschen Ton mit einem leisen „Guten Morgen. Bitte setzen Sie sich! Wie geht es Ihnen?".

„Wie kann es mir gehen, nachdem ich zwei Nächte nicht geschlafen habe? Ich habe meinen Bruder und meinen Mann verloren!"

„Mann und Bruder", wiederholt der Kommissar nachdenklich, der die familiären Bande zwischen Kuss und Leonski erst seit wenigen Minuten kennt. „Sie haben nicht gesagt, dass Sie mit Leonski verwandt sind."

„Nichts gesagt über die Verwandtschaft mit Igor? Kann sein, ich war ja komplett weggetreten."

„Sie wirkten so ruhig."

„Psychologen nennen das paradoxe Reaktion. Mir haben schon viele Freunde gesagt, dass ich im ärgsten Stress komplett ruhig wirke. Das ist keine Schauspielkunst, das ist Veranlagung. Sie hören ja auch jetzt sicher keine Aufregung in meiner Stimme. Aber ich kann Ihnen eines verraten: Meine innere Stimme klingt anders."

Aufregung hört der Kommissar tatsächlich keine in der Stimme von Irina Kuss, aber einen deutlichen russischen Akzent, der das R stark rollt.

„Was hat Ihre Nichte zu den Vorfällen gesagt?"

„Das ist ja das Schlimmste, sie weiß noch nichts. Ich habe schon zwei schlaflose Nächte darüber nachgedacht, wie ich es ihr mitteilen soll. Sie war ja mit Tony noch viel enger verbunden als mit ihrem eigenen Vater. Scheidungskinder eben. Genau genommen waren die Eltern von Moni gar nie verheiratet, aber immerhin zusammen, bis Igor wieder nach Moskau gegangen ist. Nachdem Igor seine Stelle im Lenin-Mausoleum in Moskau angenommen hatte, wollte Moni auch weg von ihrer Mama und hat dann fast sieben Jahre bis zur Matura bei uns in Wien gelebt. Seit zwei Jahren ist sie in Moskau bei Igor, wollte unbedingt an die Linguistik-Uni, obwohl die Aufnahmeprüfung dort extrem schwer ist. Da nutzen dir auch Beziehungen nichts. Aber Moni hat ihren eigenen Kopf. Und sie hat ihn auch immer durchgesetzt."

„Igor Leonski hatte ja ganz gute Beziehungen, wie man hört."

„Nicht wirklich. Das Lenin-Mausoleum, wo er als Artdirector angestellt ist ... angestellt war, ist ja nur ein kleiner, exotischer Anhang im riesigen FWL. Und im FWL hat Wowa das Sagen."

„Wowa Rasputin? Den kennen Sie auch?"

„Im Grunde kenne ich ihn nur aus Erzählungen von Igor und Larissa."

„Larissa Königshofer? Hat der Kunstraum Ihren Mann und Ihren Bruder auch vertreten?"

„Mein Mann arbeitet ... arbeitete ja nur an einem Werk: seiner Weltmaschine. Die lässt sich nicht transportieren, nicht ausstellen und nicht vermarkten. Tony lebt ... also wir lebten hauptsächlich von meinen Einkünften. Aber Igor hat öfter im Kunstraum ausgestellt. Ich habe das allerdings nie so genau verfolgt. Wissen Sie, ich habe ziemlich viel mit meinem eigenen Geschäft zu tun. Der Import der Pelze, die Verarbeitung, der Verkauf, dabei habe ich nur eine Angestellte im Geschäft. Nachträglich betrachtet, hatte ich wohl zu wenig Zeit für meinen Mann und meinen Bruder ... Wahrscheinlich waren sie deshalb so gerne mit dieser Schlange zusammen."

„Schlange?"

„Ja, eine Boa. Verschlingt ihre Künstler mit Haut und Haaren! Und denen gefällt das noch!"

„Was?"

„Dass sie den Männern Entscheidungen abnimmt. Meinen Mann hat sie über den Tisch gezogen, und er, ganz naiver, weltfremder Künstler, fühlte sich befreit, als er von ihr den Vertrag bekommen hat. Eine monatliche Vorauszahlung für die Weltmaschine, 2.000 Euro, ein Witz! Ich sage Ihnen, die Frau geht über Leichen!"

„Welche Leichen?"

„Ich weiß nicht, welche Agreements sie mit Igor getroffen hatte, aber für Tony trifft das zu: Seit dreieinhalb Jahren zahlt sie nun für die Weltmaschine, das macht 24, 48, 72 und 12 ... 84 ... 84.000 Euro für ein Werk, das ihr jetzt allein gehört."

„Ist denn Larissa die Eigentümerin der Galerie?"

„Im Firmenbuch ist natürlich Hugo Königshofer eingetragen. Aber sie hat die Hosen an, sie macht die Verträge mit den Künstlern. Sie führt de facto die Geschäfte, ihr Mann Hugo stand immer in der zweiten Reihe, auch früher als Handelsvertreter in Moskau. SIE kennt alle Direktoren der wichtigsten Museen und hat auch die Verbindung zu Rasputin."

„Was wissen Sie über Rasputin?"

„Nur das, was ich nebenbei gehört habe. Igor hat mir nie viel erzählt, er hat sich lieber mit Tony unterhalten, wenn er da war. Aber sicher ist, dass er einen direkten Draht ganz nach oben hat."

„Ganz nach oben?"

„Ja, zu Putin. Der Präsident steckt ordentliche Summen in den FWL."

„Präsident Putin?"

„Präsident oder Premier. Es ist letztlich egal, wer unter Putin Präsident ist."

„Wann haben Sie Ihren Bruder, Igor Leonski, das letzte Mal gesehen?"

„Als ich im Sommer nach Irkutsk geflogen bin, mit Zwischenstopp in Moskau, hat er mich am Flughafen Scheremetjewo abgeholt und zum Flughafen Domodedowo gebracht. Da waren wir zwei Stunden zusammen, Scheremetjewo liegt im Norden, Domodedowo im Süden der Stadt. Igor hat mich bis zum Check-in begleitet, dann bin ich weitergeflogen. Er ist ein paar Tage später nach Berlin geflogen, gemeinsam mit Marina, mit der er schon länger zusammen ist."

„Marina Besrodnych?"

„Ja."

„Gab es was Besonderes bei diesem letzten Treffen?"

„Nein ... na ja, vielleicht. Er hat angedeutet, dass er Streit mit Larissa hatte. Er wollte irgendwelche Vertragsänderungen oder ganz vom Vertrag mit der Galerie zurücktreten. Ich hoffe nur, dass sie ihm nicht auch einen Vertrag untergejubelt hat, mit dem sie Monika noch schaden könnte ..."

„Und wie schätzen Sie den Mann der Galeristin ein, Hugo Königshofer?"

„Ich habe auch mit ihm nicht viel zu tun gehabt, aber mir ist nie etwas Negatives zu Ohren gekommen. So wie ich ihn taxiere, ist er die ausgleichende Kraft, während Larissa die treibende Kraft in der Galerie ist."

„Hätten Larissa oder Hugo Königshofer, allein oder gemeinsam, die sieben Künstler in den Zustand befördern können, in dem wir sie am Donnerstagabend vorgefunden haben?", umschreibt der Kommissar das Gruselkabinett möglichst diplomatisch, um die persönlichen Gefühle der hinterbliebenen Gattin und Schwester nach Möglichkeit nicht zu verletzen.

Irina stützt beide Ellbogen auf den Schreibtisch des Kommissars und lässt den Kopf hinter ihren Handflächen verschwinden. Dabei ruft sie sich das Bild, das die sieben zu Kunstobjekten beförderten Künstler bei der Vernissage geboten hatten, wieder in Erinnerung. Als sie ihr Gesicht freigibt, bemüht sie sich, unauffällig die Tränen aus ihren Augenwinkeln zu wischen. Ihre Stimme klingt nun leiser und etwas heiser: „Nun, für die Umsetzung so eines Verbrechens braucht es wohl eine Organisation, aber die Planung oder die Idee könnte schon von ihr stammen."

„Von ihr. Von Larissa?"

„Ja, sie hat das Zeug dazu. Für eine Sensation würde sie alles tun. Die eigenen Hände würde sie sich dabei aber sicher nicht schmutzig machen."

Der Portier meldet dem Kommissar, dass Anna Castor eingetroffen sei.

Ohnesorg bittet Irina Kuss in einen Nebenraum, eigentlich sein halb privates Rückzugszimmer, das eingerichtet ist wie das Behandlungszimmer von Sigmund Freud: ein schwerer, alter Diwan, dessen Löcher ein fast ebenso alter Perserteppich abdeckt, auf dem Boden auch ein ziemlich abgetretener Perserteppich, darauf ein zerkratzter Schreibtisch, auf dem ein paar alte Zeitschriften liegen, ein großes Regal, voll geräumt mit kriminalistischer und psychologischer Fachliteratur. An die Gegenwart erinnern in dem Raum nur eine Nespressomaschine und ein kleiner Flat Screen, der in dem Bücherregal offenbar abgestellt wurde und hier auf eine angemessenere Verwendung wartet. „Bitte bedienen Sie sich!", verweist Ohnesorg auf die Kaffeemaschine und die etwas verstaubten Espressotassen, huscht nochmals hinaus, um aus seinem Kühlschrank eine halbleere Flasche Maresi zu bringen und den Mohnstrudel, den er morgens gekauft hat. Er zeigt auf das Messer auf dem Tisch und wiederholt: „Bitte bedienen Sie sich!"

„Danke, dass Sie gekommen sind!", wendet sich Ohnesorg an Anna Castor, die inzwischen unaufgefordert Platz genommen hat. Obwohl es im Raum relativ finster ist, hat sie ihre Sonnenbrille nicht abgenommen.

„Haben Sie schon eine Spur zum Täter?", überrumpelt die Ehefrau des Weißen Riesen den Kommissar.

„Es gibt Spuren, die nach London und Moskau führen", weicht Ohnesorg diplomatisch aus und schielt dabei auf das Protokoll, das mit Anna Castor am Abend der Vernissage aufgenommen wurde.

„Ich hätte nicht zulassen sollen, dass Fredi nach London fliegt", nimmt Anna Castor das Stichwort auf, und der Kommissar ermuntert sie mit einem freundlichen Nicken weiterzusprechen. „Er hat doch kein gutes Haar an Damien Hirst gelassen. Der englische Fleischhacker, das war noch seine freundlichste Bezeichnung für Hirst. Fredi wollte auf der Vernissage von Hirst einen Skandal heraufbeschwören. Er hat mir vor der Abreise seine Pläne verraten, obwohl er das gar nicht gerne tut, weil er bei seinen Aktionen immer auf den Überraschungseffekt setzt. Da wollte er nicht einmal mir, seiner eigenen Frau, trauen. Als King Kong verkleidet wollte er sich ins Publikum mischen und sein Manifest aufschlagen. Und wenn sich Fredi etwas in den Kopf setzt, dann lässt er sich von seinen Aktionen nicht abbringen. Jedenfalls hat er nichts dem Zufall überlassen. Von Irina, von Frau Kuss, hat er sich ein echtes Orang-Utan-Fell besorgen und anpassen lassen. Das ist natürlich verboten, aber Irina hat ihre Beziehungen, und sie hatte eine Bestätigung, dass der Orang-Utan krankheitshalber getötet worden war. Alles andere hätte Fredi als Tierschützer nicht zugelassen. Jedenfalls wollte Fredi sichergehen, dass sie ihn in London einbuchten. Entweder wegen Hausfriedensbruch oder wegen Verstoß gegen das internationale Tierschutzabkommen. Und sobald die Aufmerksamkeit der Öffentlichkeit auf ihn gerichtet sei, wollte er auspacken – so war zumindest sein Plan. Aber es war nichts davon in den Medien zu lesen. Ich habe alles gecheckt und ziemlich lange gegoogelt in den vergangenen zwei Tagen. **Nichts.** Kein einziger Hinweis. Hunderte Artikel über die Hirst-Ausstellung, aber keine Aktion von Fredi. Das können die Kunstjournalisten ja mit Absicht ignorieren, aber die Boulevardmedien hätten sich sicher darauf gestürzt, wenn Fredi seinen

Auftritt durchgezogen hätte. Da muss vorher etwas passiert sein."

„Was vermuten Sie?", bohrt der Kommissar nach.

„„Wir fahren jetzt in die Höhle des Löwen', hat Fredi gesagt, als er mich das letzte Mal angerufen hat. Das kann nur mit Hirst zu tun haben. Ich vermute, dass er und seine Freunde in die Fleischerei gefahren sind, so hat Fredi die ominöse Factory von Hirst genannt. Ich bin sicher, Hirst hat Möglichkeiten, in seiner ominösen Fabrik ein paar Leute verschwinden zu lassen. Mittel und Instrumente hat er jedenfalls, um Lebewesen in eine künstliche Welt zu befördern."

„Was hätte so ein berühmter Künstler für einen Grund, das zu tun?", stellt der Kommissar eine Frage, die er sich selbst schon mehrfach gestellt hat.

„Hirst wollte naturgemäß nicht, dass das Manifest von Fredi an die Öffentlichkeit gelangt."

„Welches Manifest?"

„Anfang der 1990er-Jahre hat Alfred an der Sommerakademie in Salzburg unterrichtet. Sein Thema lautete ,Welt und Gegenwelt'. Hirst ist dort als Hörer aufgetaucht, obwohl er nicht regulär inskribiert war. Fredi hat als Vorbereitung zum Kurs sein Manifest über die Aneignung der Natur durch die Kunst verfasst. Darin hat er genau das beschrieben, was Hirst ein paar Jahre später realisiert hat. Fredi hat exakt die Beispiele angeführt, die Hirst später verwirklicht hat, den weißen Hai, das heilige Kalb. Seit sieben Jahren versucht Fredi, im direkten Kontakt mit Hirst die Urheberfrage zu klären, hat aber nur Antworten von Hirsts Anwälten bekommen. Vor zwei Jahren hat Fredi selbst einen Anwalt eingeschaltet. Und nun hatte er eine Verfügung, eine Unterlassungserklärung, die er mit seinem Manifest publikumswirksam bei der Eröffnung in der Tate Gallery anschlagen wollte. ,Das wird mein letzter Anschlag', hat er gesagt. Ich habe Fredi davon abgeraten. Er ist zu alt für solche Aktionen. Aber im Herzen ist er Aktionist geblieben. Diese Aktion wollte er einfach durchziehen."

„Und welche Rolle spielten die anderen Künstler bei dieser Aktion? Wenn Alfred Castor sie als Statisten mitgenommen hat, haben sie aber teuer für ihre Rolle bezahlt."

„Ich bin sicher, er wollte sie da raushalten. Alfred wollte seine Show bei der Eröffnung abziehen. Ich glaube nicht, dass es seine

Idee war, in die Factory zu fahren. Alfred hätte sich vor der offiziellen Eröffnung sicher nicht bei Hirst zu erkennen gegeben. Irgendwer muss ihn und seine Freunde in die Falle gelockt haben."

Beim Schlagwort „Aktionismus" denkt der an Kunstfragen mäßig interessierte Kommissar zuerst an Nitsch und Muehl, Alfred Castor als Aktionist war ihm bislang nicht wirklich bekannt. Wenn die Aussagen seiner Frau aber stimmen, dann rückt dies die Recherchen von Katharina Stich in ein neues Licht. „Wer ist Damien First?", platzt der Kommissar unvermittelt heraus.

„Mein Mann ist es bestimmt nicht", erwidert Anna Castor spontan, überlegt kurz und ergänzt dann: „Alfred war immer ein Überzeugungstäter. Er hat vielleicht in seinen Aktionen das eine oder andere übertrieben, aber er ist immer zu seinen Aktionen gestanden. Und auch zu seinen Fehlern. Mit seinem eigenen Namen."

„Was vermuten Sie?"

„Für mich war immer klar, dass Maria Wonderland hinter dem Pseudonym steckt."

„Wieso war das immer klar?", stellt Ohnesorg nach bewährter Verhörmethode genau das in Frage, was seine Zeugin gerade außer Frage gestellt hat.

„Sie hat ja oft Künstler kopiert oder parodiert. Damien First, das passt zu ihren Konzepten. Sie hat sogar geplant, sich als Mitarbeiterin in die Factory von Hirst einzuschleichen. Ich weiß nicht, ob Planung das richtige Wort ist. Aber ein Konzept besaß sie jedenfalls. Und das Konzept war ziemlich ausgereift, soviel ich mitbekommen habe."

„Kennen Sie das Testament des Damien First?"

„Was für ein Testament?"

„Nicht so wichtig, reden Sie weiter! Was hat Maria Wonderland mit Hirst geplant oder konzipiert?"

„Sie hat das Manifest von Alfred erweitert: Welt, Gegenwelt und Unterwelt. Irgendwas Subversives hatte die Frau immer an sich. Dabei war sie aber eine Gerechtigkeitsfanatikerin. Um Gerechtigkeit für Alfreds Urheberansprüche zu erkämpfen, hätte sie sicher einen Weg in die Factory von Hirst gefunden. Legal oder illegal."

„Sie trauen Maria Wonderland viel zu!"

„Ich traue ihr alles zu. ... Man soll Toten nichts nachsagen, aber sie hat nie irgendwelche Grenzen akzeptiert. Weder in ihrem

Berufsleben noch in ihrem Privatleben. Wobei sie eine Grenze zwischen Beruf und Privat sogar als unnatürlich, als spießbürgerlich abgelehnt hätte. ... Aber für mein Gefühl hat sie die Grenzen des Anstandes überschritten. Fredi ist halt auch nur ein Mann."

„Ihr Mann war Ihnen untreu? Ausgerechnet mit Mary, ich meine mit Maria Wonderland?" Ohnesorg weiß, dass er sich das Wörtchen „ausgerechnet" hätte sparen können, aber ganz kann er sich als Kommissar nicht von dem Bild lösen, das er als Onkel über Jahre und Jahrzehnte von seiner kreativen und manchmal aggressiv auftretenden, aber im Wesen eher verschlossenen, in sich gekehrten Nichte gewonnen hatte.

„Ja, das ist lange her. Aber die Wonderland hat ihre Absichten schon beim ersten Sommerkurs, den sie in Salzburg besucht hat, ganz unverhohlen gezeigt. Das war 1994, so was merkt man sich als Frau. Ich weiß nicht, ob das für sie nur ein Spiel war, ein Experiment oder echte Gefühle ... Das war bei ihr nie zu durchschauen. Mir war es jedenfalls ernst mit meinen Scheidungsplänen, aber Fredi hat sich nach dem Sommerkurs 1995 glaubwürdig von Mary losgesagt, und wir haben dann auch länger nichts mehr von ihr gehört."

„Wie lange?"

„Vor etwa sieben Jahren ist sie wieder aufgetaucht. Ich gestehe, dass sie sich sehr für Fredi eingesetzt hat. Sie hat den Kontakt zum Kunstraum hergestellt, und ein paar Monate später hatte Fredi seine erste Personalausstellung im Kunstraum. So was ist uns vorher in keiner Galerie passiert, obwohl Fredi ja schon sehr lange in der Szene ist. Mary hat sich dann auch privat immer sehr korrekt verhalten. Ich war ihr wirklich dankbar, denn wir hatten vorher eine ziemlich lange Durststrecke. Aber vielleicht war das Teil ihres Planes."

„Welcher Plan?"

„Ihr Damien-First-Plan. Das war ja offenbar von langer Hand vorbereitet. Zunächst hat sie im Kunstraum ihr Netz ausgelegt. Und als alle Objekte ihrer Begierde im Netz waren, hat sie es zugezogen und Damien Hirst, ihrem künstlerischen Über-Ich, zur weiteren Verwertung überlassen."

„Wieso Über-Ich? Wie passt das mit ihrem Wunsch zusammen, Gerechtigkeit für Castor zu erlangen? Sie haben doch gesagt, Mary hätte alles getan, um gegen den Missbrauch von Hirst vorzugehen."

„Ich wiederhole mich: Sie kennen diese Frau nicht. Bei Wonderland ist das kein Widerspruch. Ich vermute, dass sie sich bei Hirst eingeschlichen hat, nachdem sie vor mehr als einem Jahr verschwunden ist. Sicher unter einem falschen Namen, um keinen Verdacht auf Fredi zu lenken. Und später hat sie sich mit den Ideen des Künstlers angefreundet. Vielleicht auch mehr. Ich will nicht sagen, dass sie sich allen an den Hals wirft, aber ich vermute da so eine Art Stockholm-Syndrom: Zuerst begibt sie sich in freiwillige Geiselhaft, und dann beginnt sie, mit ihrem Geiselnehmer zu sympathisieren. Und zuletzt instrumentalisiert sie alle beteiligten für ihr eigenes Projekt oder Konzept oder was auch immer."

„Ich bin nicht sicher, ob ich Sie richtig verstanden habe", versucht der Kommissar, die Überlegungen von Anna Castor weiterzuspinnen. „Demnach hat Maria Wonderland die Künstler, ihre eigenen Freunde, in Tötungsabsicht nach London gelockt?"

„Ich halte das für denkbar."

„Eine ziemlich blutrünstige Persönlichkeit, die Sie da von Wonderland zeichnen."

„Nein. Sie kennen diese Frau nicht", wiederholt die Witwe des Künstlers erneut. „Wonderland war eine Frau mit Überzeugungen – und die waren sicher nicht blutrünstig. Im Gegenteil. Gewaltanwendung hat sie sogar gegenüber Tieren abgelehnt. Sie war Vegetarierin und hat auch immer wieder die Veden zitiert, wenn wir über Weltanschauungsfragen diskutiert haben. Ich erinnere mich sehr gut, dass sie uns alle überraschte mit der Aussage, dass wir den Individualismus zu weit treiben, dass der Individualismus unsere Kultur noch vernichten wird, dass wir das persönliche Glück bei Weitem überschätzen, dass wir nicht dazu da sind, um unser persönliches Glück anzustreben. Wenn ich Mary richtig verstanden habe, so sind wir alle nur Teil einer sich dauernd reinkarnierenden Seele auf dem Weg zum Nirwana. Und ich glaube, sie hat bei Hirst eine Möglichkeit gefunden, wie sie ihren Weg zum Nirwana beschleunigen kann. Und auf diesem Weg hat sie auch jene mitgenommen, denen sie sich als Seelenverwandte am nächsten fühlte."

„Entschuldigen Sie, Frau Castor", unterbricht Ohnesorg die Ausführungen der betrogenen Ehefrau, die offenbar gelernt hat, Erklärungen für alle Probleme in psychologischen und esoterischen Sachbüchern zu finden. Ihre Mischung aus psychoanalytischer und metaphysischer Spekulation ist dem Kommissar für eine schnelle Bewertung zu verworren. Zur Klärung der Dinge muss er Zeit gewinnen. Deshalb bittet er Anna Castor in den Nebenraum, wo Irina Kuss gerade dabei ist, sich die zweite Tasse Nespresso einzugießen. „Sie kennen sich", konfrontiert er die Damen miteinander, indem er sie nicht vorstellt, und lässt sie mit einer Bemerkung über dringende Telefonate allein.

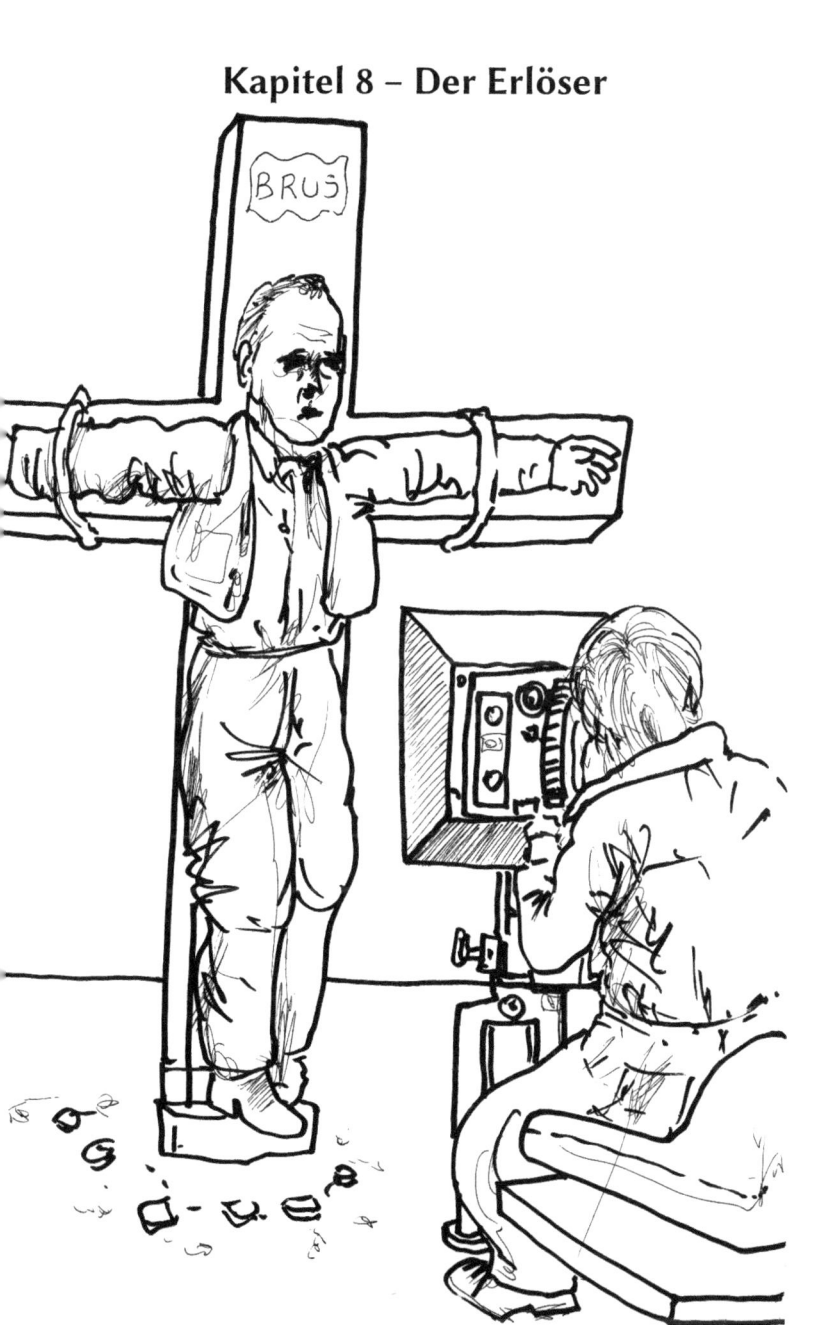

Sie kennen diese Frau nicht, hört der Kommissar die Worte der ver-
zweifelten Ehefrau in seinem inneren Ohr nachklingen. *Vielleicht
kann oder will ich mir nicht eingestehen, dass ich von meiner Nichte
über Jahre ein völlig falsches Bild hatte. Ungeprüft will ich diese obskuren Annahmen jedenfalls nicht glauben,* denkt der Kommissar, der
gelernt hat, seine eigenen Gefühle und Meinungen durch Selbstre-
flexion ständig zu hinterfragen. So versucht er jegliche Befangen-
heit, die in diesem Falle ja allzu menschlich wäre, schon im Keime
zu ersticken.

Er wählt die Mobilnummer von Katharina Stich.

„Gut, dass du anrufst!", zeigt sich Kate erfreut, so als seien am Vor-
abend keine privaten Fragen offengeblieben, sondern nur berufliche
Probleme erörtert worden. „Ich habe rausgefunden, dass Marina
Besrodnych, Wonda McQueen und Maria Wonderland am gleichen
Tag geboren wurden: am 7. Juni 1972. Und weißt du, wer noch am
7. Juni geboren wurde, allerdings sieben Jahre früher?"

„Du wirst es mir sicher verraten", zeigt sich der Kommissar neugierig.

„Damien Hirst", teilt die Journalistin lässig mit, kann aber den Tri-
umph in ihrer Stimme nicht unterdrücken und setzt nach: „Da muss
ein Zusammenhang bestehen!"

„Welcher?", gibt der Kommissar, der nichts von astrologischen
Zahlenspielchen hält, trocken zurück.

„Das weiß ich noch nicht. Aber hast DU nichts Neues?"

„Ich habe vor allem neue Fragen. Kannst du dich an die Objekte
erinnern, die in der Factory waren? Welche Tiere waren dort, schon
als Kunstobjekte fertiggestellt oder in Vorbereitung? Versuch dich
genau zu erinnern!"

„Eine ausgewachsene Kuh hing von der Decke. Zwei Kälber waren
beim Präparator, der ihr Fell bearbeitete. Ein Kalb wurde gerade
auf einem Sockel montiert. Und natürlich der Weiße Hai im Glas-
schrank."

„Alles?"

„Na ja, viele Felle auf einem Haufen. Auf meinen Fotos habe ich
allerdings noch was entdeckt, das mir vor Ort nicht aufgefallen ist:

obenauf ein Fell, das die Umrisse von King Kong hatte."

„Ein Schimpansenfell?", bohrt der Kommissar nach.

„Sicher größer als ein Schimpanse, vielleicht ein Orang-Utan oder ein Gorilla, ich bin keine Zoologin. Menschengroß auf jeden Fall!"

„Hast du mit Dumpf..., dem Dings ..., dem Assistenten von Hirst noch mal telefoniert?"

„Ja, Dunphy, der hat mir ja ein schönes Märchen aufgetischt. Angeblich hätte ich einen Schwächeanfall gehabt. Die Dämpfe, die beim Gerben entstehen, und davon sei die Luft in der Factory immer belastet, wirken sich bei sensiblen Menschen so aus, hat er gemeint. Und weil er einen wichtigen Kundentermin hatte, hat er mich ins Auto verfrachtet und zum Flughafen gebracht, wo er angeblich einer Hostess vom Bodenpersonal fünfzig Pfund gegeben hat, damit sie sich um mich kümmert. Aber ich bin auch nicht blöd. Ich war gestern nach unserem Treffen noch im AKH und hatte Glück: Ein Schulfreund von mir arbeitet jetzt dort und hatte Bereitschaftsdienst. Der hat mir Blut abgenommen, und das Ergebnis habe ich auch schon: Spuren von Flunitrazepam! Weißt du ...“

... was das ist?, will die Journalistin den Kommissar fragen.

Dieser fällt ihr jedoch ins Wort, um zu demonstrieren, wer hier die Fragen stellt: „Rohypnol! Lass mir eine Kopie des Befundes zukommen! Das könnte noch wichtig werden." Damit liegt man nie falsch, solange man noch sondiert und bevor man sich an die Beurteilung des Materials macht, um das Wichtige weiter zu vertiefen und das Unwichtige wegzuwerfen.

„Wurden auch Spuren von Alkohol gefunden?", forscht der Kommissar nach.

„Nein, ich hab den ganzen Tag nichts getrunken."

Damit ist zumindest sicher, dass es nicht der gleiche Mix war, der Mary eingeflößt wurde, denkt Ohnesorg, der nicht glauben kann, dass seine Nichte freiwillig den Tod gewählt hat.

„Die wichtigste Frage ist derzeit, wie wir an das Testament herankommen. Das Testament des Damien First", betont er, um der Bedeutung dieser Frage Nachdruck zu verleihen, obwohl klar ist, welches Testament er meint. Der Kommissar ahnt, dass die Reporterin dafür bereits einen Plan ausgeheckt hat, den er aber gar nicht so genau kennen möchte, da dieser ganz sicher dem Redaktionsgeheimnis unterliegt. Und die Antwort Kates bestätigt seine Vermutungen: „Ich glaube, bis morgen lässt sich da was machen."

An dieser Front dürfte er bald Klarheit haben, ist sich der Kommissar sicher, da er mit der ehrgeizigen Reporterin schon manche Fälle informell gelöst hat, bevor er formell alle Beweise vorlegen konnte. Aber wie soll er seine Schwester davon überzeugen, dass sie das Tagebuch von Maria öffnen muss?

Den Respekt vor anderen Persönlichkeiten wollte Emilie Wonderland ihrer Tochter immer beibringen, hat ihr das vorgelebt, was sie selbst gepredigt hat. Sie wollte die verschlossenen Tagebücher von Mary deshalb nie öffnen, denn wenn diese zurückkäme ...

„Emilie, du hast doch den Lebenslauf von Maria, ihre beruflichen Stationen, Auslandsaufenthalte, Ausstellungen und so weiter. Du musst das nun mit ihren Tagebüchern vergleichen. Ich muss wissen, mit wem sie wann und wo zusammen war", gibt Ohnesorg seiner Schwester telefonisch zu verstehen und fügt hinzu: „Damit wir weiterkommen."

„Auch wenn du dich über mich wunderst, aber ich habe die Tagebücher schon gelesen. Jetzt, da nichts mehr zu ändern ist ...", antwortet Emilie Wonderland.

Ohnesorg will die nun entstandene Pause nicht unterbrechen.

Mit einem Tonfall, der signalisiert, dass sie den Aufzeichnungen ihrer Tochter nicht wirklich traut, ergänzt Emilie Wonderland schließlich: „Das liest sich ja wie das Kamasutra."

„Vielleicht hatten wir ja lange ein falsches Bild von Mary. Ich will auch wirklich keine rein privaten Details ausschlachten. Aber mach mir bitte eine Liste, wann sie mit welchen Partnern zusammen war! Geht das bis morgen?", formuliert der Kommissar seine Frage möglichst unverbindlich und freundlich, wohl wissend, dass seine Schwester dies als Aufforderung versteht: *Das muss ich bis morgen haben!*

Damit hat Ohnesorg zwei Ziele schneller erreicht als erwartet. Da könnte doch noch ein arbeitsfreier Sonntag möglich werden. Bei dem Gedanken greift er nochmals zum Telefon und ruft Katharina

Stich an: „Kate, wir gehen heute Mittag mit Fuhrmann ins Korso. Hast du Zeit? Ja, dann um eins direkt im ersten Stock." Er schaut auf die Uhr und beschließt, die Damen in seinem „Wartezimmer" noch ein Weilchen hinzuhalten. Bis zum Mittagessen ist noch Zeit, er öffnet den Ordner „‚7 KünstlerInnen', Zeugenaussagen. Biografien. Medienberichte" und überfliegt die alphabetische Zusammenstellung, bis er beim Namen Stradal anlangt. Eigentlich ein ziemlich unbeschriebenes Blatt in diesem Fall. Ohnesorg liest die Aufzeichnungen, bei denen auch nichts Auffälliges zu finden ist.

Ernest Stradal, geboren am 15. August 1949, Absolvent der Höheren Graphischen Bundes-Lehr- und Versuchsanstalt, Werbegrafiker bis 1987, dann selbstständig als Druckgrafiker, Ausstellungen in Wien, Berlin, Madrid ... Die Häufung morbider Titel sticht dem Kommissar ins Auge:

1991 Die Mumien von Palermo, Künstlerhaus, Wien

1992 Der Holzwurm als Sargnagel, Minoritenkirche, Wien

1999 Das Grab im Kosovo, Bestattungsmuseum, Wien

2000 Kreuzweh beim Auferstehen, St. Marien-Kirche, Berlin

2002 Stierkrampf, ARCOmadrid

2003 Rasputins Tod, ZDCh, Moskau

2004 Todesmaschinen, Stendhal Gallery, London

2006 Tod im Bikini, Whitney Art Museum, Miami

Auf der folgenden Seite findet sich Josef Zipfers Aussage vom Abend der Vernissage: „Ernest Stradal ist vor vierzehn Tagen nach Berlin geflogen, um Wonda McQueen zu besuchen, die dort gerade eine Ausstellung laufen hatte. Mit McQueen ist er ja schon fast zehn Jahre zusammen, mehr oder weniger. Ich glaube, McQueen hält ihn etwas auf Distanz, aber sie sehen sich bestimmt zweimal jährlich. Wie auch immer, seit er mit McQueen, sagen wir halt einmal Kontakt pflegt, ist Stradal international viel stärker vertreten als früher. Eigentlich war er bis Ende der 90er-Jahre nur in Wien zu sehen: in Wien zu Hause und in der Wiener Szene präsent. Ich glaube, Wonda hat er auch im Kunstraum kennengelernt. Man muss ja offen sagen, dass der Kunstraum mehr zur internationalen Vernetzung seiner Künstler und Künstlerinnen beiträgt als das Künstlerhaus, in dem Stradal auch Mitglied ist. Aber das ist eine andere Geschichte. Jedenfalls wollten Stradal und McQueen später nach London zur Eröffnung der Damien-Hirst-Ausstellung in der Tate Gallery und von London gemeinsam nach Wien kommen."

Neben Josef Zipfer hat der Adjutant des Kommissars noch eine Reihe von Künstlerkollegen ausfindig gemacht, um Details über den alleinstehenden Stradal in Erfahrung zu bringen. Als Mitglied des Künstlerhauses pflegte Stradal offenbar ein freundschaftliches Verhältnis zu allen seinen Kollegen und Kolleginnen, produzierte mit vielen von ihnen sogar Gemeinschaftswerke. Erst im Vorjahr wurden einige davon in seiner Ausstellung „Gemeinsam einsam" im Kunstraum präsentiert. Die Worte „siehe Einladung" hat der Adjutant in seinem Protokoll mit gelbem Marker angestrichen.

Der Kommissar schaut sich die Einladung zu dieser Ausstellung, die hinter dem Stradal-Protokoll abgeheftet ist, an und studiert die Liste der Teilnehmer. Das waren neben Stradal: Marina Besrodnych, Alfred Castor, Tony Kuss, Igor Leonski, Wonda McQueen und Maria Wonderland.

Ohnesorg nimmt die Koinzidenz der sieben Künstler zur Kenntnis, ohne sich mit weiteren Spekulationen aufzuhalten. Er blättert weiter zur Kopie eines Interviews, das Stradal dem Abendkurier am 3. November 1999 gegeben hat. Titel des Interviews:

Nur Tote können auferstehen

Abendkurier: Sie thematisieren den Tod im Kosovo. Steht dahinter ein politisches Anliegen, so kurz nach dem Kosovo-Konflikt?
Stradal: Natürlich, zumal politische Kunst in diesem Jahrzehnt ja ziemlich aus der Mode gekommen ist. Das war in den 70er-Jahren anders, als Kunst de facto nur als politische Kunst ernst genommen wurde. In den 80er-Jahren war Kunst immerhin noch im Fahrwasser der Friedensbewegung politisch. Doch in diesem Jahrzehnt, nach dem großen Crash auf dem Kunstmarkt 1989, schaut jeder Künstler nur noch darauf, wie er seine Kunst am besten ver-

markten kann. Dazu kommt die Postmoderne, die das Ende jeglichen Stils postuliert. Mit dem Ende eines Stils, der früher auch immer Spiegel eines bestimmten Zeitgeistes war, wurde aber auch jegliche Gesinnung zu Grabe getragen.

Abendkurier: Der übereifrige Kampf um Gesinnungen war aber wohl die Ursache für den Kosovokrieg?

Stradal: Vordergründig ja, Muslime gegen Orthodoxe, Kosovaren gegen Serben. Meine These ist aber, dass sich religiöse, politische oder sogar nationale Gesinnung nicht automatisch gegen Menschen richtet, sondern zunächst ein Teil der Selbstfindung ist. In der Diskussionssendung *Club 2* können Gesinnungstäter aller Couleurs miteinander streiten – gewalttätig werden Menschen erst, wenn Gesinnung politisch instrumentalisiert und so missbraucht wird. Ge-Sinnung ist ja zunächst eine Frage der individuellen Sinn-Findung. Erst in der Masse verliert jegliche Gesinnung ihren Sinn und wird als Massenbewegung zur Gewalt, zu einer Kraft, die sich verselbstständigt. Dabei sind die Gewalttätigen nicht nur die Gesinnungstäter, sondern auch die Mitläufer.

Abendkurier: Was kann die Kunst so einem Glaubenskrieg entgegenhalten?

Stradal: Der Künstler kann durchaus Alternativen aufzeigen. Ich habe in meiner Kosovo-Serie Kampfszenen dargestellt, wobei der Schatten der grausam mordenden Figuren ganz andere, konträre, humane Gesten ausführt. Meine Message: Jeder Mensch muss über seinen Schatten springen, wenn er zum Unmenschen wird. Anstatt den angeblichen Feind zu töten, sollte jeder den Unmenschen in sich töten!

Abendkurier: Kann der Künstler überhaupt etwas bewirken?

Stradal: Günter Brus hat mit seinen Selbstverstümmelungen ein radikales Beispiel geliefert. Er hat uns damit gesagt: Gewalt schlägt immer auf ihren Verursacher zurück. Damit hat er die Trennung von Täter und Opfer aufgehoben. Anders als bei Jesus, der uns als Opfer Erlösung bringt und damit indirekt die Täter vom Himmelreich aussperrt. Die Christen spielen deshalb seit 2000 Jahren das Opfer, egal welche Taten und Untaten sie ausführen. Die finale Synthese von Brus und Jesus sehe ich in einer kollektiven Selbstkreuzigung, nicht symbolisch, sondern wörtlich: in einer kollektiven Selbsthinrichtung. Ich weiß nicht, ob ich dafür 12 Apostel finden werde, aber der Sinn der Aktion ist klar: Der Erlöser muss wieder zum Täter werden, und die zu Erlösenden sind seine Mittäter.

Abendkurier: Sehen Sie den Tod als Erlösung?

Stradal: Wenn man vom Tod spricht, dann spricht man immer vom Tod eines anderen Menschen. Wer auf einem Begräbnis weint, weint nicht um den Verstorbenen, sondern beweint sich selbst im Wissen, dass er oder sie selbst im Sarg liegen könnte. Obwohl Christus die Erlösung durch den Tod gepredigt hat, empfinden wir den Tod bis heute nicht als Erlösung, sondern als Konstruktionsfehler der Schöpfung oder sogar als Strafe. Das Kreuz als Symbol der Auferstehung wird heute nur noch als Kreuzweh beim Aufstehen empfunden. Zu dem Thema hab ich im nächsten Jahr in Berlin eine Ausstellung, rechtzeitig zur 2000-Jahr-Feier des Christentums. Ich will mit der Ausstellung darauf hinweisen, dass nur Tote auferstehen können.

Abendkurier: Danke für das Gespräch.

Eine Stelle hat der Adjutant des Kommissars gelb markiert: „Die finale Synthese von Brus und Jesus sehe ich in einer kollektiven Selbstkreuzigung, nicht symbolisch, sondern wörtlich: in einer kollektiven Selbsthinrichtung. ... Der Erlöser muss wieder zum Täter werden, und die zu Erlösenden sind seine Mittäter.‟

Ohnesorg nimmt sich vor, seinen Adjutanten bei nächster Gelegenheit für seine genauen Recherchen und die vielen Überstunden zu loben, auch wenn er bezweifelt, dass dieses Zitat für ein Tatmotiv ausreicht. Zumal das Interview gut zehn Jahre zurückliegt. Er blickt auf seine Armbanduhr. Es bleibt ihm noch eine Viertelstunde. Um Fuhrmann nicht zu verärgern, muss er pünktlich im Korso sein. Mit einer kurzen Entschuldigung – „ein kurzfristiger Auswärtstermin ...‟ – tritt er in den Raum, wo die Kuss und die Castor in der Zwischenzeit gewartet haben, und begleitet sie hinaus.

„Oida, do bist jo eeendlich!", begrüßt Hermann Fuhrmann den Kommissar, der sich maximal um drei Minuten verspätet hat. „Ihr kennts euch", verweist der Pathologe mit einer Kopfbewegung auf seine unscheinbare, blasse Begleitung, die geschminkt, die dichten Augenbrauen etwas zurechtgezupft und ihre langen, schwarzen Haare etwas moderner geschnitten eine durchaus attraktive Erscheinung abgeben würde. Überraschenderweise ist auch der Kommissar in Begleitung einer Dame, die Fuhrmann umgehend mustert. *Mit dem pathologischen Blick des Pathologen,* wie er jetzt sagen würde, wenn er mit Werner allein wäre.

„Siglinde Birnbaum", reicht die junge Dame an der Seite von Hermann dem Kommissar und seiner Begleiterin die Hand.

„Katharina Stich", erwidert die Frau an der Seite des Kommissars, der seinerseits ergänzt: „Eine befreu... eine bekannte Journalistin!"

„Werner ... samma per du", wirft Fuhrmann in die Runde, während er Katharina die Hand schüttelt.

„Kate", beendet Stich die Höflichkeitsrituale.

„Die Linde schreibt gerade ihre Diss über Kunst."

„Ach ja, was genau?", zeigt sich Ohnesorg ehrlich interessiert.

„Das Legitimierungsproblem der Kunst nach 1945."

„Klingt nach einer sehr komplexen Thematik", urteilt Ohnesorg.

„Ja, sicher nichts für intellektuelle Dünnbrettbohrer – die sollten dieses Kapitel einfach überspringen", meint Fuhrmann, der gerne gute Ratschläge erteilt.

„Ich werde mich dann wohl zum Schminken auf die Damentoilette zurückziehen", kokettiert die Studienabbrecherin Kate, was der Kommissar als implizite Aufforderung für ein Kompliment versteht.

„Du kannst dich auch hier schminken", zwinkert er ihr zu, „auch wenn du als einzige an dieser ehrenwerten Tafel keinen Titel trägst und somit nicht unter Beweis gestellt hast, dass du fähig bist, richtig abzuschreiben, so weißt du besser als wir alle, wo und wie man schnell zu Informationen und vor allem an die wichtigsten Primärquellen kommt."

„Ich dachte, Kunst braucht keine Legitimation. Kunst ist frei, damit legitimiert sich die Kunst durch Freiheit", gibt Kate geschmeichelt ihre Ansicht zum Besten. Eine doch recht einfältige Ansicht, wie sie nach den Ausführungen von Linde feststellen muss.

Linde extemporiert die wichtigsten Themen ihrer Dissertation

„Es ist richtig, dass nach der von oben diktierten Propagandakunst der Nazis eine Gegenbewegung stark wurde, die sich die Befreiung und Demokratisierung der Kunst zum Ziel gesetzt hat. Joseph Beuys, der sich 1941, kaum hatte er das Gymnasium absolviert, freiwillig zur Deutschen Luftwaffe meldete und 1944 bei einem Einsatz auf der Krim einen Absturz überlebte, trieb nach Kriegsende die Demokratisierung der Kunst auf die Spitze mit der Feststellung: ‚Jeder Mensch ist ein Künstler.‘ Damit kann alles zur Kunst werden, ein Pissoir genauso wie ein Stück Butter in der Badewanne."

„Du kennst sicher die lustige G'schicht, wonach in einem deutschen Museum die Putzfrau die ranzige Butter von einem Beuys-Objekt weggewischt hat. Das war ein großer Skandal", unterbricht Hermann seine neue Lebensgefährtin, um ihr zu beweisen, dass er sich gemerkt hat, was sie ihm erst kürzlich erzählt hat. Und weil er schon am Wort ist: „Übrigens, Herr Ober, die Karte bitte!"

„Ja, da gab es sogar ein Gerichtsverfahren! Wobei ich nie verstanden habe, warum die Putzfrau nicht auch als Künstlerin gelten kann, zumal ja laut Beuys jeder ein Künstler ist. Demnach müsste die Butter wegzuwischen genauso Kunst sein, wie Butter in die Badewanne zu legen", erinnert sich Ohnesorg, dass er über diesen skurrilen Skandal auch einmal mit Maria diskutiert hatte. Nun, eigentlich nicht diskutiert. Mary hatte argumentiert, Pro und Contra analysiert, und er hatte zwischendurch ein paar sarkastische Bemerkungen eingeworfen.

Die Kunstexpertin, ganz in ihrem Element, erläutert: „Das liegt an der Verpflichtung des Käufers, in dem Fall des Museums, das Werk des Künstlers, das urheberrechtlich geschützt ist, nicht zu verändern, sondern zu bewahren, wie es ist. Das Museum musste an Beuys Schadenersatz zahlen. Aber aus heutiger Sicht muss man sagen, dass das Museum wohl nicht die besten Anwälte hatte. Nach dem Muehl-Skandal in der Sezession würde man den Beuys-Skandal heute bestimmt anders beurteilen."

„Was war in der Sezession?", fragt Kate, die Muehl bislang nur im Zusammenhang mit seiner Revoluzzerkommune im Burgenland kannte. Die Auflösung der Kommune und das Gerichtsverfahren gegen Muehl geschahen noch vor ihrer Zeit als Journalistin.

Linde erzählt: „Vor etwa sieben Jahren stellte Muehl ein Bild in der Sezession aus, auf dem er den Papst und Mutter Theresa in pornografischer Weise darstellte. Ein berühmt-berüchtigter Pornojäger überschüttete das Bild von Otto Muehl mit Farbe und wurde dafür in erster Instanz wegen Sachbeschädigung verurteilt. Allerdings erklärte Muehl, dass er gar nichts anderes erwartet habe, deshalb kam das Gericht in zweiter Instanz zu dem Urteil, dass der Pornojäger – unwissentlich, aber freiwillig – zum Mitautor des Werkes geworden sei. Da das Bild meines Wissens noch nicht verkauft worden ist, ist noch offen, ob der Pornojäger und nunmehrige Koautor einen Teil des Verkaufserlöses beansprucht oder überhaupt beanspruchen darf. Aber das ist nur eine Pointe am Rande. Die zentrale Legitimierungsproblematik wird an den beiden Fällen sehr gut sichtbar: Trotz Befreiung der Kunst von den politischen Zwängen und trotz der Demokratisierung der künstlerischen Produktionsverhältnisse kann nicht jeder machen, was er will. Kunst ist nur dann Kunst, wenn ein spezieller Legitimierungsmechanismus greift."

„Haben Sie schon gewählt?", unterbricht der Ober die Runde. Während er die Wünsche aufnimmt, rechnet Ohnesorg im Kopf überschlagsmäßig mit und ist froh, dass er mit dem Hunderter, den er in der Früh vom Bankomaten abgehoben hat, auskommen wird.

„Der künstlerische Legitimierungs-me-cha-nis-mus", nimmt der Kommissar ein Stichwort auf, das Linde dankbar weiterentwickelt: „Ja, das kann funktionieren nach dem Prinzip der antiken Tragödie – Deus ex Machina: Ein bekannter Künstler tritt auf und erklärt einen Gegenstand zur Kunst. Oder es wirken Mechanismen der Kanonisierung von Kunstwerken oder Künstlern. Wobei zur Kanonisierung wie in der Kirche ein großer Apparat notwendig ist. Sobald ein Künstler in den Kanon aufgenommen wurde, sozusagen heilig gesprochen wurde, mutiert alles zu Gold, was er anfasst. Marcel Duchamp sagt, ein Pissoir ist Kunst. Er sagt, es werde Kunst, und siehe, es ward Kunst. Joseph Beuys legt ein Stück Filz irgendwohin, und es ist Kunst, weil es der Meister berührt hat."

Der Sommelier bringt den Wein. Fuhrmann degustiert und ruft mit gespieltem Pathos: „Und ich sage euch, dieser Wein ist Kunst!"

Mit so viel Begeisterung hat der Sommelier offenbar nicht gerechnet. Er schenkt emotionslos die Gläser ein und kommentiert dabei den burgenländischen Chardonnay: „Mittleres Grüngelb. Einladende gelbe Apfelfrucht, Tropenobst, feine Nuancen von Blüten und zartem Honig."

„Was ich noch sagen wollte", setzt Linde unbeirrt von den önologischen Ablenkungsversuchen ihren Vortrag fort, „mit Duchamp und Beuys übernahmen Theoretiker das Feld der angewandten Kunst. Nicht mehr das Kunstwerk repräsentiert einen Gegenstand, sondern ein beliebiger Gegenstand wird zum künstlerischen Symbol für irgendwas. Dieses Irgendwas kann alles sein, es entbehrt jeglicher Logik. Aber es folgt einer eigenen ‚Sphärengrammatik', so hat das zumindest Dieter Ronte bezeichnet."

„Ronte, das ist so was wie der Papst in der Kathedrale der Kunst", unterbricht Fuhrmann, der gelehrige Schüler, seine Dozentin, die zustimmend nickt und ergänzt:

„Dieter Ronte kommt für einen Experten seines Ranges zu einem scheinbar resignativen Schluss, wenn er meint, man könne heute gar nicht mehr bestimmen, ob etwas Kunst sei oder nicht. Er meint damit allerdings nur die einfachen Menschen. Oder wie er selbst sagt: ‚Banausen können das nicht bestimmen' Es braucht daher Insider, meint Ronte, die diese Bestimmung vornehmen. Die Insider sind dazu imstande, weil sie einer geschlossenen, vielleicht sogar verschworenen Wertsphäre angehören. Sie entwickeln eigene Codes und Sprachen, die nur den Insidern selbst vertraut sind. Dadurch schützt sich diese Wertsphäre nach außen, argumentiert Ronte. Der Sprachunkundige wird zum Banausen, und der Insider wird zum Hohepriester der Kunst, und Ronte ist tatsächlich so etwas wie der Oberpriester oder Papst in dieser Welt. An die Stelle von Kriterien, die in früheren Epochen, nicht nur in der Renaissance, auch noch im Impressionismus und Expressionismus, zur Bewertung von Kunst wichtig waren, wie Komposition, Kolorit, technische Brillanz, Idee, Ästhetik, tritt in der modernen Kunst der Glaube der Insider. Die Glaubwürdigkeit, die sich Insider bei der breiten Masse, die angeblich über keine eigene Urteilsfähigkeit verfügt, aufgebaut haben, wird zum entscheidenden Kriterium. Aus dieser Konstellation entsteht nicht nur Definitions- und Legitimierungsmacht, sondern ganz reale, kunstpolitische Macht. Als Museumsdirektor, früher in Wien, zuletzt in Bonn, ist Ronte nicht nur eine symbolische Autorität, sondern auch mit Macht ausgestattet, um darüber zu entscheiden, was über die Schwellen seines Museums gelangt und was nicht."

„Das ist ja eine ziemlich religiöse oder pseudoreligiöse Welt. Haben Sie da nicht ein bisschen übertrieben?", versucht der Kommissar, die Erläuterungen der Kunsthistorikerin zu hinterfragen.

„Nein, ich kann Ronte mittlerweile auswendig zitieren: ‚Ohne Glaubwürdigkeit sind Kunstwerke nicht abzusetzen: Für den Käufer von Kunst tritt sie an die Stelle mangelnder eigener Urteilskraft.‘ Im Kern geht es bei der Genese des ökonomischen Wertes von Kunst also um das Entstehen von Glaubwürdigkeit. Glaubwürdig wird Kunst in den Augen des Publikums aber erst, wenn die Kenner selbst an den Künstler und sein Werk glauben."

„Das ist ja tautologisch: glaubwürdig ist, woran die Insider glauben." Ohnesorg repliziert Lindes Ausführungen und lehnt sich dabei etwas nach links, um Platz für das Servierpersonal zu machen. Dabei genießt er den Duft von Kates Parfum, die er scheinbar zufällig an der Schulter streift, mehr als den Geruch von Maishendl mit Mangold, bunten Erdäpfeln und Schmorparadeisern, die ihm der Ober auftischt.

„Einerseits tautologisch", bestätigt die Kunsthistorikerin, „andererseits selbstimmunisierend. Ronte sagt weiters: ‚Der ökonomische Wert von Kunst ergibt sich als ein Konsens von Experten und Kunstkennern, der nicht diktiert werden kann und sich nur langsam aufbaut.‘ Das setzt dem manipulativen Spielraum von Insidern enge Grenzen. Tatsächlich sind Insider aus Rontes Perspektive unfehlbar, wie er anhand von Rembrandts gefeiertem Bild ‚Mann mit dem Goldhelm‘ darlegt, denn dieses Bild wurde, so Ronte wörtlich, praktisch wertlos, als sich die Meinung durchsetzte, dass dieses Meisterwerk nicht von Rembrandt selbst stamme. Seither ist die Glaubwürdigkeit des Bildes ramponiert." Linde redet weiter, als müsste sie bereits hier und jetzt ihre Dissertation verteidigen. Sie lässt sich auch nicht ablenken von den hausgemachten, braunen Butterteigtaschen mit Blattspinat und Schafkäse, die der Ober elegant vor ihr abstellt.

„Das muss man sich auf der Zunge zergehen lassen", unterbricht Fuhrmann, der das gebratene Lachsfilet auf Karfiolrisotto mit

Trauben, Nüssen und Rucola bereits mit den Augen verschlingt, während es serviert wird. Auf einen abschätzigen Seitenblick von Linde hin ergänzt Hermann: „Die Argumente der Insider muss man sich auf der Zunge zergehen lassen! Die Glaubwürdigkeit des Bildes wurde ramponiert, nicht etwa die Glaubwürdigkeit der Experten und Insider, die jahrelang einem Irrglauben aufgesessen sind und diesen Irrglauben auch eifrigst verbreitet haben."

Kate schmunzelt und beginnt mit einem unbekümmerten „Mahlzeit", ihren Seesaibling und geräucherten Heilbutt auf Gervais-Wirsing zu verzehren.

Linde, die sich die Unterbrechung ihres neuen Freundes lächelnd und nickend anhört, ergänzt: „Ronte intendiert, dass der durch Glaubwürdigkeit der Insider induzierte ökonomische Wert identisch sei mit dem künstlerischen Wert des jeweiligen Werkes. In dieser Vermischung von zwei völlig unterschiedlichen Wertesystemen, in der Vermischung von ökonomischem Preis und künstlerischem Wert, liegt die Hauptursache für die Intransparenz des Kunstmarktes, die uns letztlich zurückführt zur Legitimierungsproblematik. So wie in totalitären Regimen, ob im Nationalsozialismus oder im heutigen Nordkorea, geht es in der Kunst immer um Macht, um die Macht zu definieren, was Kunst ist und was nicht. Wobei die Definition von Kunst unter den Nazis vergleichsweise transparent war. Natürlich wurden viele damals gewaltsam aus der politisch opportunen Kunstwelt entfernt und als entartete Künstler stigmatisiert. Aber die Kriterien für entartet und konform waren für jeden nachvollziehbar. Die gewaltsame Eliminierung von Künstlern findet zwar in der heutigen Zeit nicht mehr statt, allerdings werden viele einfach nicht zu den wichtigen Instanzen vorgelassen. Nicht weil sie schlechte Künstler sind oder minderwertige Kunst liefern, sondern nur deshalb, weil sie den Insidern nicht opportun erscheinen. Die höchsten Instanzen sind heute die Organisationen der Insider, Museen, Kunstvereine, Biennalen und einige wichtige Sammler. Im Unterschied zur totalitären Kunstauffassung ist die Definition der Insider, was denn nun Kunst sei, absolut intransparent, und damit ist die tatsächliche kunstpolitische Macht all jener, die sich das

Definitions- und Legitimierungsmonopol angeeignet haben, umso größer. Die Macht hat sich zwar von der politischen Kaste auf die Kaste der Insider verschoben, aber Kunst respektive die Legitimierung der Kunst ist immer noch eine Machtfrage."

„Mir scheint, die zeitgenössische Kunst befindet sich irgendwo zwischen einer gigantischen Weltverschwörung und dem Märchen über des Kaisers neue Kleider. Das Spektrum reicht offenbar von Genialität bis Banalität", bringt der Kommissar die akademisch fundierten Ausführungen der Dissertantin auf ein ihm verständliches Niveau.

„Die Kunst darf sich zwar das Banale aneignen, sie darf aber selbst nie banal werden. Um diesen Unterschied zu erklären, braucht es Insider oder Vermarktungsgenies wie Jeff Koons", erwidert die Kunstexpertin.

„Koons, wer ist das?", gesteht der Kommissar seine Bildungslücke ganz ungeniert ein.

„Werner, du bist völlig inkompetent und nicht geeignet, im Fall der ‚7 KünstlerInnen' zu ermitteln. Jeff Koons ist der wohl berühmteste lebende amerikanische Künstler", fällt Fuhrmann seinem Freund ins Wort und schielt dabei verstohlen auf die Kunstexpertin, auf SEINE Kunstexpertin, die zustimmend nickt und ergänzt: „Koons startete 1980 als 25-Jähriger mit einer Einzelausstellung im New Museum of Contemporary Art. Dass ein Nobody mit einer Ausstellung in einem renommierten New Yorker Museum seine Karriere beginnt, hängt wohl nicht mit seiner einzigartigen Qualität als Künstler zusammen, sondern mit seinen guten Beziehungen oder mit dem Verkaufstalent des ehemaligen Börsenmaklers. Wahrscheinlich beides. Mit seinen Readymades – zunächst Staubsauger, später hochglanzpolierte Metall- und Porzellanfiguren – erhielt er in Amerika das Label des Neokonzeptualisten. Ein paar Jahre später wurde er auf der Documenta IX auch in Europa zum Künstler geadelt. Später fabrizierte er pornografische Fotos und fand als Provokateur seine Fans. Egal was Koons bis jetzt produziert hat oder reproduzieren ließ: Es gibt nichts, was in Konzeption, Komposition, Idee oder Ästhetik einzigartig, überragend oder auch nur irgendwie originell wäre. Trotzdem hat sich der Glaube an Koons, ausgehend von Marcia Tucker, der einflussreichen Gründerin des New Museum, unter den Insidern wie ein Lauffeuer ausgebreitet. Koons wurde von den Insidern in den Olymp gehoben. Man könnte sagen: erster Schritt Kanonisierung, zweiter Schritt Heiligsprechung. Hier greift eine paradoxale, mystische Logik: Wer durch den Glauben der Insider in den Olymp der Kunst gehoben wird, setzt gleichzeitig den Legitimierungsbedarf außer Kraft. Auch wenn er nur das Banale schafft, interpretieren es die Insider als außergewöhnlich. Außergewöhnlich banal, aber außergewöhnlich."

„Wie würden Sie denn die Installation ‚7 KünstlerInnen' in der Bandbreite zwischen Genialität und Banalität einordnen?", lenkt der Kommissar das Gespräch auf das eigentliche Thema ihres Treffens.

„Übrigens, die Linde kennt die Wunderlich", mischt sich Fuhrmann ein.

„Maria Wonderland!", korrigiert Linde und relativiert: „Leider habe ich Wonderland nie persönlich kennengelernt. In ihrem Konzept ‚Einladung zur Ausladung' hat sie einige meiner Dissertationsthesen vorweggenommen. Die Nichteingeladenen sind de jure nicht automatisch die Ausgeladenen, aber de facto meistens. In Bezug auf die Legitimierungsfrage heißt das: Die Instanz der Legitimationsmacht ist die Instanz der Definitionsmacht der Kunst. Eingrenzung ist gleichzeitig Ausgrenzung. Wer sich als Künstler nicht innerhalb der Grenzen der Insider befindet, also weder innerhalb ihrer Wahrnehmungsgrenzen noch innerhalb ihrer Glaubensgrenzen, der ist automatisch ausgegrenzt. Maria Wonderland hat in vielen ihrer Konzepte diese Problematik angesprochen oder zumindest angedeutet und in manchen Aktionen auch die Überschreitung dieser Grenzen provoziert. Aus meiner Sicht zu subtil, um echte Breitenwirksamkeit wie ein Jeff Koons zu erzielen. Die ‚7 KünstlerInnen' tragen meiner Einschätzung nach die Handschrift von Wonderland. Dafür spricht die Einführung eines fiktiven Kurators, die Anspielung auf Hirst und natürlich die numerologisch-mythologische Verwendung der Zahl Sieben."

Linde beendet das Extempore der wichtigsten Themen ihrer Dissertation

„Apropos Numerologie: die Rechnung bitte!", ruft Fuhrmann überraschend den Ober. „Wollts noch was? Na gö!"

Die Anwandlungen von Kommissar Ohnesorg, die Rechnung zu übernehmen, wehrt der Pathologe unerwarteterweise ab, packt seinen roten, abgekratzten und mit ein paar Pflastern verklebten Pilotenkoffer und steht auf mit den Worten: „Na dann, gemma's an!"

Den diensthabenden Polizeibeamten, der vor dem Kunstraum Wache hält, entlässt der Kommissar: „Sie können eine Stunde Mittagspause machen. Wir müssen uns noch mal alles genau anschauen. Dr. Siglinde Birnbaum", stellt er die Dame höflich vor, „die Kunsthistorikerin, kann uns vielleicht noch auf kontextuelle Zusammenhänge bringen, die wir bisher übersehen haben. Und Dr. Fuhrmann und Frau Dr. Stich kennen Sie ja aus der Pathologie."

Aus irgendeinem Grund hat Fuhrmann das Gefühl, dass der Polizeibeamte ausgerechnet ihn besonders skeptisch mustert. Er zieht daher seine kleine Taschenlampe, die er als Schlüsselanhänger immer dabei hat, und blinkt damit ein paarmal auf die Tür des Kunstraums.

„Das Übernahmeprotokoll. 14:13 Uhr, Werner Ohnesorg. Ich bin um viertel vier wieder da", übergibt der Major dem Kommissar den Schlüssel zum Kunstraum.

„Ich bin noch nicht Doktor", fühlt sich Birnbaum beim Betreten des Kunstraums bemüßigt, eine Richtigstellung anzubringen.

„Das sind nebensächliche Details", fährt Fuhrmann dazwischen. „Werner, mach endlich Licht, damit wir die ‚Kontext-Zusammenhänge' besser sehen können!", zieht der Pathologe den Kommissar mit dem verbalen Nonsens auf, den dieser soeben fabriziert hat. „Aber Pathologie und Dr. Stich – der Schmäh war gut." Fuhrmann stellt seinen Pilotenkoffer auf dem Buffettisch der Galerie ab. Er nimmt seine steril verpackten Instrumente aus der Tasche, alles in sechsfacher Ausfertigung: Spritzen, Eprouvetten und Stanzen, mit denen Dermatologen normalerweise kleinere Muttermale entfernen.

„Wo fangen wir an?", fragt Fuhrmann, und Ohnesorg antwortet spontan, als wäre gerade die beste Zeit zum Schmähführen: „Ladies first!"

Im Abstellraum des Kunstraums findet Ohnesorg eine Stehleiter, die er vor dem Glaszylinder von Marina Besrodnych aufrichtet. Mit vorsichtigen, ruckartigen Bewegungen löst er die gläserne Abdeckung des Zylinders, die mit Silikon abgedichtet war. Dann steigt Fuhrmann auf die Leiter, zupft der Verblichenen zunächst ein paar Haupthaare aus, nimmt dann eine Hautprobe im Bereich der Schulter und beendet die Prozedur mit einer Blutprobe.

„Die Nächste bitte!" Fuhrmann klettert von der Leiter. Während der Kommissar die Ampulle von Besrodnych wieder verschließt und den nächsten Zylinder öffnet, versiegelt und beschriftet der Pathologe die Proben.

Indessen umkreist Linde Birnbaum die einzelnen Objekte, versucht dabei, bewusst auszublenden, was sie in den Zeitungen über die Ausstellung gelesen hat, und macht sich Notizen über alle Details, die ihr auffallen. Kate macht neue Fotos mit ihrem iPhone, das sie natürlich immer dabei hat.

Rechtzeitig, bevor sich der Major pünktlich um 15:15 Uhr zurückmeldet, hat Fuhrmann alle Proben in seinem Pilotenkoffer verstaut.

„Wann werden Sie abgelöst?", erkundigt sich Ohnesorg, während er das Übergabeprotokoll signiert.

„Um 20:00 Uhr, wir machen am Wochenende 12er-Radl", meldet der Polizist beflissen.

„Na dann, falls was Auffälliges passiert, umgehend melden!", verabschiedet sich der Kommissar und spürt, wie ihn eine schwere Müdigkeit übermannt.

„Du, ich werde deinen Ratschlag doch befolgen und für den Rest des Wochenendes ins Gartenhaus fahren", wendet sich Ohnesorg an Fuhrmann, reicht der Dottoressa in spe die Hand und schaut Kate fragend an. Ihr Blick sagt „Einverstanden!" und beide gehen Richtung Stadtbahnstation.

Kapitel 10 – Die Befunde

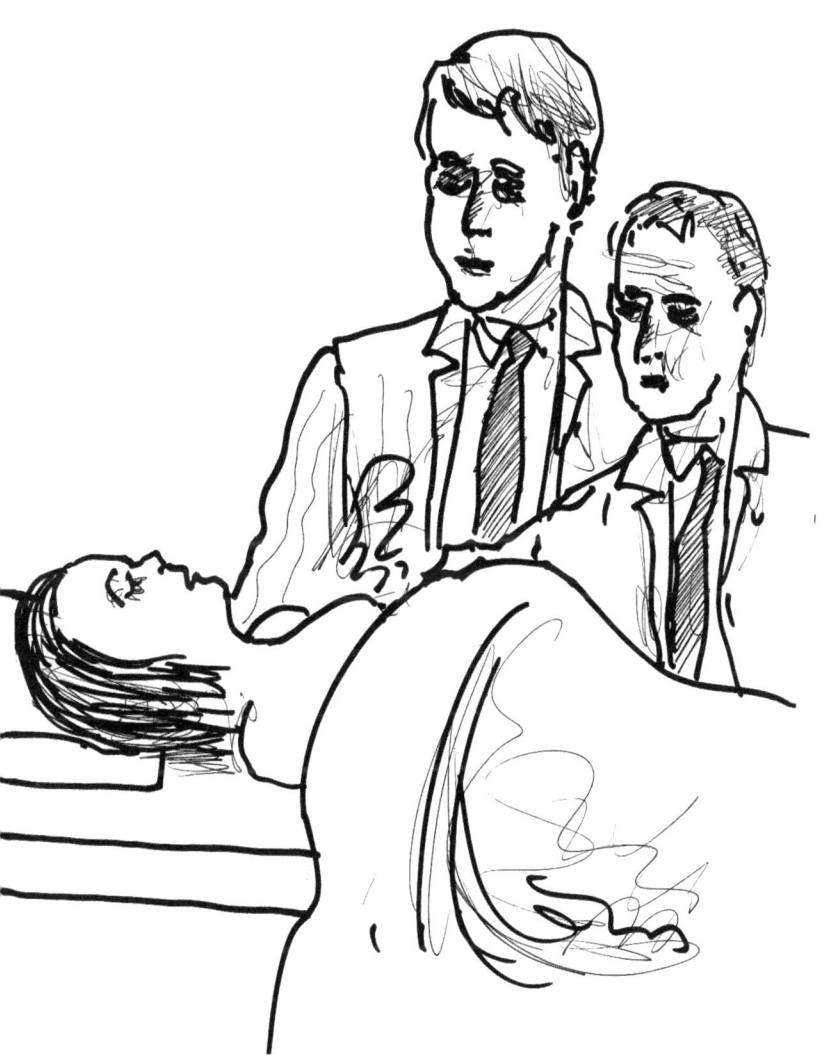

„Guten Morgen!", überrascht der Kommissar, der sich am Sonntag nicht nur beim Unkrautrupfen bestens erholt hat, seinen Adjutanten mit seiner guten Laune. Für manche das Normalste dieser Welt, doch der Adjutant ist vom Kommissar nur ein mürrisches „Kommens weiter!" oder „Wann krieg ich die Unterlagen?" als Begrüßung gewohnt.

„Kommens weiter, aber zuerst lassen Sie Hugo Königshofer gehen", setzt der Kommissar fort, und es klingt diesmal milde. Er fragt seinen Adjutanten, nachdem dieser vor dem Schreibtisch des Kommissars Platz genommen hat, sogar: „Wollens eine Tasse Kaffee?"

„Ja, bitte, schwarz mit einem Stück Zucker", ist der Inspektor gänzlich überwältigt von so viel Freundlichkeit.

Während der Kommissar seinem treuen Helfer eine Tasse Nespresso anrichtet und sich selbst ein Packerl Milchkakao aus dem kleinen Kühlschrank holt, berichtet der Adjutant: „Das größte Problem vorweg: Die Galeristin hat sich nicht viel bewegt, sie war am Samstag nur einkaufen und ist auf dem Weg zum BILLA beim Kunstraum vorbei, wo sie vom Finki, also von Major Fink, abgewiesen wurde. Vorher hat sie noch das Büro von Langhansky besucht, aber da war offenbar niemand. Sie hat mehrfach geläutet und ist dann weiter zum BILLA. Von den Telefonaten, die ich mithören konnte, waren fünf auf Russisch. ‚Sdrawstwuite und dawai', habe ich verstanden, aber für mehr reicht mein Russisch nicht. Ein Gespräch war wohl mit Irina Kuss. ‚Ira, Irotschka', hat die Galeristin öfter gesagt, und ich kann mich an diese Stimme von den Vernehmungen am Donnerstagabend erinnern."

„Na gut, da find ich jemanden, der mir die Aufnahmen abhört und übersetzt. Und gab's auch Telefonate auf Deutsch?"

„Ja. Am Freitag, 18:27 bis 18:43 Uhr hat sie mit dem Anwalt Peter Langhansky geredet. Offenbar vertritt der Anwalt nicht nur den dubiosen Rasputin, sondern auch die Galerie. Jedenfalls hat Königshofer dem Anwalt eindringlich erklärt, er müsse das Testament – was immer das sein mag – verschwinden lassen. Der Anwalt hat versucht, ihr zu versichern, es gebe außerhalb seiner Kanzlei gar keine Hinweise auf die Existenz des Testaments. Darauf sagte die Galeristin, das Testament müsse vernichtet werden, bevor Hinweise auftauchen könnten, und man wisse ja nie und so weiter. Und der Anwalt dazu: ‚Ein Zusammenhang zwischen der Installation „7 KünstlerInnen" und dem Testament könne nicht nachgewiesen werden, auch wenn das Testament zufällig die gleichen Künstler unterzeichnet haben. Kurz und gut, der Anwalt hat die Galeristin offenbar überzeugen können, vorläufig nicht mehr über das Testament zu sprechen. Auch nicht mit ihrem Mann, wenn er wieder rauskommt. Er hat dann selbst die Rede auf die Verträge mit den Künstlern gebracht. Die Galeristin hat ihm mitgeteilt, sie seien unter Verschluss in der Galerie, aber das sei relativ nutzlos, wenn eine Hausdurchsuchung veranlasst werde. Das könne er mit weiteren einstweiligen Verfügungen sicher so lange hinauszögern, bis die Objekte nach New York gehen, meinte der Anwalt, und danach werde auch über die Verträge Gras wachsen. Und wenn es nicht von selbst wachse, so werde er, der Anwalt, es wachsen lassen. Und zuletzt riet er ihr noch: ‚Lass dir nichts anmerken, wenn Hugo wieder draußen ist!'"

„Interessant!", kommentiert der Kommissar. „Und das zweite Telefonat?"

„Am Samstag, 15:14 Uhr, Anruf von Anna Castor. Eine ziemlich heftige Schimpftirade: ‚Du kannst vielleicht mit Fredi machen, was du willst, aber mit seinem Nachlass kannst du nicht einfach abzischen so wie mit seinen leiblichen Überresten. Was passiert ist, musst du mit deinem Gewissen ausmachen, aber was noch da ist, werde ich dir nicht einfach überlassen, nur weil du meinen Mann über den Tisch gezogen hast ...' Dazwischen rieselten Koseworte wie Egomanze, geldgierige Blunzn, geile Böckin, und zuletzt hat sie gemeint, das ganze Lebenswerk von Fredi und die Sissi-Fuß-Arbeit – oder so was Ähnliches, es war nicht immer leicht, sie zu verstehen, sie war ziemlich aufgeregt –, jedenfalls eine Arbeit, bei der sie ihn, also ihren Mann, unterstützt habe, lasse sie bei nächster Gelegenheit aus dem Lager abholen. Die Galeristin ist nicht oft zu Wort gekommen, sie hat eingewendet, die Verträge habe Hugo gemacht und der Anwalt überprüft. Sie, also Frau Castor, habe die Verträge falsch interpretiert, es sei alles nicht so ungünstig für sie, also für Frau Castor. Letztlich hat Castor das Gespräch abgebrochen mit den Worten: ‚Ich habe dich informiert, ich bin am Montag mit einem Lieferwagen im Lager, ich nehm nur, was mir gehört.'"

„Danke, gut gemacht, dann checken Sie mal dieses Video nach brauchbaren Infos!", gibt der Kommissar seinem Adjutanten eine DVD mit der Aufnahme, die er am Samstag mit der Webcam in seinem improvisierten Wartezimmer gemacht hat.

Sofort nachdem der Adjutant das Zimmer verlassen hat, greift Ohnesorg zum Hörer, um Fuhrmann anzurufen.

„Ich sitze gerade in einer Besprechung, aber in circa 30 Minuten kann ich bei dir sein", unterbricht Fuhrmann die Begrüßung des Kommissars. Na gut, eine Gelegenheit, sich um die Übersetzung der russischen Aufnahmen zu kümmern.

„Ohnesorg", tönt eine helle Stimme am anderen Ende der Leitung.

„Ich auch ohne Sorg...", sagt der Kommissar mit einem Tonfall zwischen Resignation und leiser, leiser Hoffnung, die er nie verdrängen kann, wenn er mit seiner Exfrau telefoniert.

„Ja, hallo", erwidert seine Ex, und in den zwei Worten steckt alles, was nur seine Frau mit zwei Worten ausdrücken kann: *Ja, hallo, warum hast du solange nicht angerufen? Ja, hallo, wie schlecht geht es dir, dass du dich aufraffst, mich zu kontaktieren? Ja, hallo, warum rufst du nur an, wenn du was brauchst? Ja, hallo und überhaupt ...*

„Du hast ja wahrscheinlich gelesen, die Ausstellung mit Mary und so ...", sucht der Kommissar unsicher nach einer passenden Einleitung.

„Ja, es tut mir leid um Mary", senkt die gerichtlich beeidete Dolmetscherin ihre Stimme und fährt nach einer kurzen Anstandspause ihre Geschütze aus: „Da stecken sicher die Amerikaner dahinter. Die Spekulationen im Abendkurier waren ja sehr oberflächlich. Aus meiner Sicht völlig daneben! Hirst kommt als Täter nicht in Frage. Erstens: Zeitlich unmöglich! Zweitens: Er scheut das Risiko! Bei Hirst ist alles Camouflage! Hirst tarnt sich als Skandalkünstler, aber alle seine Objekte sind Abklatsch, waren schon in den Kuriositätenkabinetten des britischen Königshauses zu finden, seit solche Dinge aus den Kolonien angekarrt wurden. Hirst hat in Relation dazu wirklich schwache Objekte geschaffen, seine einzige Leistung besteht darin, dass er sie in Kunstmuseen verfrachtet und für gutes Geld auf den Kunstmarkt geworfen hat. Eine Provokation wie die

‚7 KünstlerInnen' ist für Hirst eine Schuhnummer zu groß. Dafür braucht es Strukturen, die er nicht hat. Hast du überlegt, welche Organisation ein Interesse an dieser Provokation haben könnte? Da kann es nur um internationale Verflechtungen gehen. Al-Qaida ist auszuschließen, die sind nur imstande, explosive Inszenierungen durchzuführen. Der russische FSB ist heute mit den Exrepubliken der Sowjetunion, vorwiegend mit Tschetschenien, voll ausgelastet. Aber die Amerikaner haben ein Motiv. Schau dir mal die Auswahl der Opfer an: Besrodnych und Leonski, zwei Russen. Wonda McQueen und Tony Kuss, ehemals Anthony Kiss, wie du sicher längst weißt, also zwei Briten, und zur Ablenkung ein paar neutrale Österreicher. Kollateralschaden heißt das im Fachjargon. Weißt du eigentlich, dass die USA 15 unterschiedliche Nachrichtendienste haben? Da besteht natürlich Profilierungsbedarf, da herrscht aber auch die Gefahr, dass jeder sein Süppchen kocht oder dass Koalitionen entstehen, die ein Ding drehen, ohne dass die Regierung etwas davon erfährt. Das läuft dann unter perfekter Tarnung, in diesem Fall als Kunst getarnt, um einem Feind eine Botschaft zu übermitteln und gleichzeitig einem Freund die Leviten zu lesen. So findet sich bei Damien First die Handschrift der Naval Intelligence Agency, NIA, und des Marine Defense Enforcement, MDE, die nicht nur für die Überwachung der Schifffahrt und der Weltmeere, sondern auch für die Raumschiffe und den Weltraum zuständig sind. Es braucht nicht viel Verstand, um die Abkürzungen NIA und MDE in der Chiffre DAMIEN wiederzufinden. Nimm die sechs Buchstaben der beiden Akronyme, schüttle sie ein bisschen, und schon hast du DAMIEN! Und First steht für ihr erstes gemeinsames Projekt. Du musst wissen, dass vor einem Jahr die Russen einen der amerikanischen Spionagesatelliten gehackt haben. Alle Spionagesatelliten gehören in den Verantwortungsbereich von NIA und MDE. Die für die Software zuständigen Briten haben den Sicherheitspatch zwei Wochen nicht eingespielt, obwohl er längst fertig war. Die Amerikaner haben deshalb die Briten verdächtigt, mit den Russen gemeinsame Sache zu machen. Mit DAMIEN First haben sie nun ein Exempel statuiert. Der Kalte Krieg ist vorbei, aber Aug' um Aug', das gilt in diesen Kreisen auch heute noch. So ein Exempel muss natürlich eine Gestalt annehmen, in der kein Mensch einen Nachrichtendienst vermuten würde. Ein

Kunstprojekt ist dafür ein wunderbares Mittel. Und die Verschleierung ist ja perfekt gelungen, auf einen amerikanischen Täter hat noch niemand getippt. Für mich ist der Fall klar: Leonski war ein russischer Spion, künstlerischer Leiter im FWL – der FWL ist eine wissenschaftliche Einrichtung, was haben Künstler dort verloren? Ganz einfach: Sie finden dort ihre Tarnung. Und Kuss beziehungsweise Anthony Kiss? Auch keine schlechte Biografie: angeblich ehemaliger Schrotthändler in Großbritannien, und seit er in Österreich lebt, ein ganz unauffälliger Künstler. Diese Unauffälligkeit ist für mich zu auffällig. Ich weiß nicht, ob sie mit dem Sattelitenzwischenfall, der für die Amerikaner hochnotpeinlich war, direkt zu tun hatten. Spielt für das Exempel auch keine Rolle: Die Amerikaner sagen damit Freund und Feind gleichermaßen: ‚Ihr könnt vielleicht unsere Daten ausspionieren, aber wir kennen alle eure Agenten und führen sie vor, wann immer wir wollen!'"

Ohnesorg hielt immer sehr viel von der Meinung seiner Exfrau, die schon bei den Verhandlungen der SALT-I-Verträge als Dolmetscherin dabei war und die bei den SALT-II-Verträgen das gesamte Dolmetschteam, neben ihr drei Amerikaner und drei Russen, geleitet hatte. Die eloquente Rhetorik seiner Frau hatte auch auf seine Nichte Mary stets einen starken Eindruck gemacht und war wohl auch der Grund, dass Mary ihr Dolmetschstudium begonnen hatte. Offenbar verspürte sie als 18-Jährige den Wunsch, in die Fußstapfen ihrer Tante zu treten, und wählte so wie ihre Tante Russisch und Englisch. Schade, dass sie das Studium nicht abschloss, obwohl sie zu den Besten gehörte.

Bettina Ohnesorg hat beruflich und privat mehr gelesen als jeder andere Mensch, davon ist Werner Ohnesorg überzeugt – und das in drei Sprachen, neben Deutsch auch auf Englisch und Russisch. Als Übersetzerin hat sie das, was sie gelesen hat, wohl auch genauer analysiert, als dies normale Leser machen. So hat sie eine Fähigkeit entwickelt, neben dem, was auf dem Papier steht, auch das blitzartig zu erfassen, was sich zwischen den Zeilen befindet. Ebenso schnell kann sie ein Urteil darüber fällen, was relevant und irrelevant ist. Für diese Gabe liebt sie der Kommissar. Aber es ist schwierig, als stilles Wasser neben einer sprudelnden Quelle Aufmerksamkeit zu finden.

„Du hast recht", nutzt der Kommissar die kurze Atempause und meint damit nicht die soeben brillant vorgetragene Analyse, sondern den in der Begrüßung von Bettina inkludierten Subtext: *Ja, hallo, warum rufst du nur an, wenn du was brauchst?* „Ich hätte da eine Bitte."

Bettina, die ein paar Jahre älter als der Kommissar ist und mittlerweile ihre Pension genießen kann, ist sofort bereit, noch am selben Tag ins Büro ihres Exmannes zu kommen.

Noch während der Kommissar mit seiner Exfrau spricht, lässt sich der Pathologe vor ihm nieder und breitet seine Unterlagen auf dem Schreibtisch aus.

„Du wirst staunen!" Fuhrmann setzt ein breites Grinsen auf, um den Kommissar auf die Folter zu spannen.

„Das Staunen habe ich schon als Kind verlernt", entgegnet Ohnesorg und lehnt sich zurück.

„McQueen und Besrodnych haben die gleiche Blutgruppe wie die Wonderland. B negativ, das ist sehr selten. Und es kommt noch dicker! Ich habe die Hautproben untersucht. Da bin ich noch nicht durch, aber bei den genetischen Sequenzen, die ich bisher vergleichen konnte, habe ich eine 100-prozentige Übereinstimmung gefunden. 100 Prozent! Das gibt es sonst nur bei eineiigen Zwillingen. Oder Drillingen." Wieder läuft Fuhrmann sein breites Grinsen über das Gesicht, während er beobachtet, wie sein Paukenschlag bei Ohnesorg einschlägt.

„Du wirst staunen!", nimmt nun Ohnesorg das Spielchen auf und legt eine Kunstpause ein, bevor er fortsetzt: „Das stimmt mit unseren Untersuchungsergebnissen überein: Die drei Künstlerinnen sind am selben Tag geboren."

„Da haben wir ja den Beweis für die Drillinge", triumphiert Fuhrmann.

„Gar nichts ist damit bewiesen", winkt der Kommissar ab. „Du wirst staunen", überspannt er den Running Gag ein bisschen, „denn Maria Wonderland ist meine Nichte. Und hätte meine Schwester am 7. Juni 1972 statt einer Tochter drei Töchter zur Welt gebracht – glaube mir, davon hätte ich etwas mitbekommen!"

Jetzt staunt der Pathologe tatsächlich und braucht eine Weile, bis er merkt, dass er seinen offenen Mund wieder schließen sollte. „Möglich ist es trotzdem", holt Fuhrmann schließlich aus, „dass es Drillinge sind. Warst du bei der Geburt dabei?"

„Natürlich war ich nicht dabei. Erstens bin ich der Bruder, nicht der Ehemann. Zweitens war das damals gar nicht möglich. Vielleicht möglich, aber sicher nicht üblich."

„Vielleicht hat deine Schwester da ein kleines Geheimnis vor dir? Wo ist ihr Mann eigentlich?"

„Eric Wonderland. So ein amerikanischer Filou! Ich habe nie rausgefunden, was der eigentlich gemacht hat und was er in Österreich zu tun hatte. Emilie, meine Schwester, hat mir auch nie erzählt, wie sie sich kennengelernt haben. Ich wollte es auch nie wissen, nachdem er sich nur drei Monate nach der Geburt von Mary aus dem Staub gemacht hat. Lässt einfach meine Schwester mit ihrem Kind sitzen! Immerhin hat er Mary immer pünktlich Geburtstagskarten geschickt, die aus aller Herren Länder kamen. Der Typ ist offenbar viel unterwegs, aber das müsste mit Familie wohl auch möglich sein. Ein Minimum an Verantwortungsgefühl kann man einem amerikanischen Easy Rider wohl nicht abverlangen", lässt Ohnesorg seinem Ärger freien Lauf.

„Überleg mal", wendet Fuhrmann ein, „das könnte ja ganz anders gelaufen sein. Eric Wonderland hat vielleicht zwei seiner drei Töchter mitgenommen, während eine Tochter bei ihrer Mutter geblieben ist. Man konnte in der Entwicklungspsychologie der 70er-Jahre die Frage, was ist genetisch vererbt, was ist Erziehung, nicht beantworten. Viele Wissenschaftler haben von obskuren Experimenten mit Zwillingen geschrieben, aber das meiste davon ist graue Theorie geblieben. Könnte ja sein, dass Eric Wonderland so ein Experiment geleitet hat oder involviert war in so etwas. Ein Langzeitexperiment. Bringt eine Tochter nach England, die andere nach Russland zu Ziehmüttern. Und eine Tochter bleibt bei der leiblichen Mutter. Völlig unterschiedliche Welten, optimale Voraussetzungen für einen empirischen Vergleich! Wie könnte man den Streit der Wissenschaftler besser lösen?"

„Nein bitte, du verrennst dich in wüste Spekulationen! Wer macht so was mit den eigenen Kindern?"

„Warum nicht? Im Namen der Wissenschaft! Hast du eine andere Erklärung? Kannst du belegen, dass es anders war? Wie oft hast du denn deine Schwester nach ihrer Geburt besucht?", insistiert Fuhrmann.

„Na ja, das war 1972, damals war ich noch Polizeischüler, kurz vor dem Abschluss, das Praktikum war anstrengend, in jeder freien Minute musste ich pauken, Emilie und ihre Tochter habe ich erst zu Weihnachten gesehen", erinnert sich Ohnesorg schuldbewusst.

„Na also!", beharrt Fuhrmann.

Der Kommissar schüttelt den Kopf und versucht, Fuhrmann mit einem Schmäh abzulenken: „Wie schreibt man eigentlich Drillinge? Mit T wie Trio oder mit D wie Drillbohrer?"

„Mit D wie Drillbohrer, was auch viel über den vorangegangenen Zeugungsakt aussagt", schiebt Fuhrmann diese vom Kommissar aufgelegte Wuchtel direkt ins Tor.

„Was hast du noch rausgefunden?", kehrt Ohnesorg zur Tagesordnung zurück.

„Zunächst noch zu Besrodnych und McQueen. Die Übereinstimmung mit Wonderland liegt auch im Blutalkohol, 1,9 beziehungsweise 2,2 Promille, und in der Menge Flunitrazepam, die ich gefunden habe. Nur die Untersuchung ihrer Haare ergab eine unerklärliche Abweichung: Polyhexamethylenadipinsäureamid. Ich sage dir gleich, was das ist: Nylon, eine Kunstfaser. Beide haben Perücken auf! Hast du das bemerkt?"

„Nein, natürlich nicht, sonst hätten wir ja eine andere Probe genommen."

„Wie denn, wo denn?", erinnert der Pathologe den Kommissar an ein delikates Detail.

„Na gut, die Perücken bringen uns jetzt nicht weiter. Was hast du von den anderen Künstlern?"

„Die Haare von Castor, Kuss, Stradal und Leonski sind echt, so viel ist jedenfalls sicher. Die Blutproben haben eine Übereinstimmung in folgendem Punkt ergeben: hoher Alkoholgehalt und Flunitrazepam. Ich gehe mal davon aus, dass die Künstler und Künstlerinnen nicht in Folge eines Saufgelages mit Wein und Wodka gestorben sind, sondern dass ihnen ein hochprozentiger Cocktail, gemixt mit Flunitrazepam, irgendwie heimtückisch verabreicht wurde. Intravenös wäre naheliegend."

„Warum?"

„Nun, der Zustand der Haut zeigt keine der typischen Verwesungserscheinungen, die normalerweise schon nach einer Stunde auftreten. Es sind also vom Zeitpunkt des Todes bis zum Zeitpunkt der professionellen Konservierung der Körper keine zehn Minuten vergangen."

„Hast du das Datum des Todes festgestellt?"

„Tja, da bin ich mit meinem Latein am Ende", zuckt der Pathologe mit den Schultern. „Es gibt wohl keinen Fall in der Geschichte der forensischen Pathologie, bei dem die Leichname so exzellent konserviert zur Obduktion gelangt sind. Der Todeszeitpunkt kann vor wenigen Tagen oder Wochen gewesen sein, vielleicht aber auch schon vor mehr als einem Jahr. Du weißt, dass ich schon bei Maria Wonderland den Todeszeitpunkt mit einem großen Fragezeichen versehen musste, und da hatte ich wesentlich mehr Material zur Verfügung, um den Zeitraum wenigstens einzugrenzen."

„Hermann, ich danke dir! Du hast mir wirklich weitergeholfen", sagt Ohnesorg freundschaftlich, obwohl er das Gefühl hat, keinen Schritt vorangekommen zu sein. Indem er aufsteht, veranlasst er seinen Freund, das Gleiche zu tun, und meint: „Wenn ich da durch bin, dann gehen wir wieder einmal essen. Aber dann zahle ich!"

Kapitel 11 – Die Nachrichtendienste

Endlich kann der Kommissar die neuesten E-Mails abrufen. „Wie vereinbart, das Testament im Attachment", schreibt Kathrin Stich.

Der Kommissar öffnet umgehend das angehängte PDF, sieben Seiten, alle grafisch und inhaltlich gleich gestaltet, nur die Namen auf jeder Seite geändert. „Der Unterzeichnete (Vorname Zuname) will seine leiblichen Überreste der Kunst vermachen. Die leiblichen Überreste müssen unmittelbar zum Zeitpunkt des Todes nach dem aktuellen Stand der Technik konserviert werden. Die konservierten Überreste stehen dem Begünstigten für seine künstlerischen Gestaltungsideen zur freien Verfügung. Der Begünstigte wird den Unterzeichneten (Vorname Zuname) als Koautor führen und den Erben des Koautors 50 Prozent aller aus dem Urheberrecht erwachsenden Ansprüche abtreten. Sofern diese Bedingungen erfüllt werden, gehen die sterblichen Überreste von (Vorname Zuname) an den Künstler Damien Hirst respektive an dessen Factory in London." Der Kommissar klickt von der ersten bis zur letzten Seite des Dokuments und findet der Reihe nach die Namen, die er bereits erwartet hat: Marina Besrodnych, Alfred Castor, Tony Kuss, Igor Leonski, Wonda McQueen, Ernest Stradal und Maria Wonderland. Jede Unterschrift notariell beglaubigt.

Die Stimmung des Kommissars trübt sich. War er am Sonntag beim Jäten des Unkrauts, einer meditativen Tätigkeit, die ihm half, einen klaren Kopf zu bekommen, sowie in Diskussionen mit Kate noch der Meinung, einen roten, wenn auch blutroten Faden gefunden zu haben, so hat er nun wieder das Gefühl, ein großes Knäuel vor sich zu haben und nicht zu wissen, wie viele Fäden sich darin verheddert haben. Nach der Trial-and-Error-Methode zieht er an einem anderen Ende aus dem Knäuel und lässt sich mit Anwalt Langhansky verbinden.

Langhansky hat schon mehr als einen Verdächtigen, den der Kommissar nach allen Regeln der Kriminalistik festgenagelt hatte, rausgerissen. Mit juristischen Winkelzügen rausgepaukt, nie mit Gegenbeweisen.

„Schönen guten Tag, Herr Doktor", begrüßt der Kommissar den Anwalt von Rasputin und auch von Königshofer.

„Was verschafft mir die Ehre?", bezieht der Anwalt eine scheinbar höfliche Verteidigungsstellung, die dem Kommissar keine andere Möglichkeit mehr lässt, als sofort in den Angriff überzugehen.

„Unsere Untersuchungen haben Hinweise auf ein Testament der sieben Künstler erbracht. Da wir von den Hinterbliebenen keine Anhaltspunkte über den Verbleib erhalten haben und die Dokumente auch nicht im Kunstraum gefunden wurden, wollte ich mal informell nachfragen, ob Sie einen Hinweis für mich hätten? Ich muss Sie sicher nicht erst darüber informieren, dass auch für einen Anwalt die Verschleierung oder Zurückhaltung von Beweismitteln ..."

„Ja, ja, ja", unterbricht Peter Langhansky den Kommissar. „Es gibt diese Testamente. Und sie sind tatsächlich bei mir unter Verschluss. Es handelt sich allerdings um keine Beweismittel, weil nicht der geringste kausale Zusammenhang herzustellen ist zwischen diesen Dokumenten und dem für alle überraschenden Verschwinden mehrerer Künstler und Künstlerinnen. Um Ihnen meine Bereitschaft, mit den Untersuchungsbehörden zu kooperieren, zu beweisen, schicke ich Ihnen einen Boten mit den Kopien der Dokumente", geht Langhansky seinerseits in die Offensive, nachdem er sofort verstanden hat, dass er in dem Punkt keine Ausflucht suchen kann, da die Dokumente bereits aktenkundig sind.

„Bis wann kann ich damit rechnen?"

„Es wird wohl nicht mehr als eine Stunde dauern, bis die Kopien bei Ihnen drüben sind. Wir schicken einen Boten."

„Dann will ich Ihre wertvolle Zeit nicht länger in Anspruch nehmen", verabschiedet sich der Kommissar.

Eine neue E-Mail von Stich, mit rotem Rufzeichen als besonders wichtig markiert, lenkt seine Aufmerksamkeit ab. Er klickt auf den Link, den die Redakteurin mit dem Kommentar „no comment ;-)" geschickt hat. „Burglary at Hirst's Factory" liest er: *Einbruch bei Hirst. Laut Bericht der BBC wurde in der Nacht auf Sonntag in die Factory von Hirst eingebrochen. Nach Angaben von Scotland Yard blieben alle Werke unbeschädigt.* Der Manager von Hirst, Frank Dunphy, wird mit der Aussage zitiert, er vermute einen Lausbubenstreich, da offenbar nur die Schubladen nach Bargeld durchsucht wurden.

„Die Abschrift der DVD", lässt sich der Inspektor kurz blicken und legt dem Kommissar ein paar mit Heftklammern verbundene Blätter – ohne Aktennummer – auf den Tisch. Mit gelbem Marker jene Zeilen hervorgehoben, die aus Sicht des Adjutanten wichtig sind.

Anna Castor: „Warum hast du Stradal da mit reingezogen?"

Irina Kuss: „Was heißt das? Ich wollte nur unsere Verträge. Er geht im Kunstraum ein und aus wie in seinem Wohnzimmer und hat mir versprochen, die Verträge unauffällig mitzunehmen. Ich wusste nicht, dass er unverrichteter Dinge nach England fährt. Er hat nur von Berlin geredet."

A. C.: „Was machen wir jetzt? Ich werde jedenfalls Fredis Bilder abholen. Er hat einen Schlüssel zum Lager, ich habe kein Problem, reinzukommen. Kommst du mit?"

I. K: „Da gibt's nichts zu holen für mich. Der Kunstraum hat nur ein paar Werkskizzen von Tony, die Weltmaschine selbst steht ja im Atelier in Liesing. Diesbezüglich ist mir der Vertrag mittlerweile egal. Die Eigentumsfrage werde ich notfalls vor Gericht klären. Was mir aber größere Sorgen macht, ist das Testament."

A. C.: „Welches Testament?"

I. K.: „Igor hat mir gesagt, als wir uns zuletzt in Moskau getroffen haben, dass er und Tony ein Testament gemacht hätten. Es geht angeblich um einen künftigen Fonds von mehreren Künstlern. Er hat keine weiteren Namen genannt, ich kann mich jedenfalls nicht erinnern, aber es würde mich nicht wundern, wenn da auch Fredi involviert wäre."

A. C.: „Das riecht nach Larissa Königshofer, der Königsschlange. Abgottboa (lacht). Waren unsere Männer wirklich so abgöttisch in diese Boa verliebt, um alles zu unterschreiben, was ihnen die Schlange unter

die Nase geschoben hat? Oder bloß von ihr hypnotisiert?"
I. K.: „Seid umschlungen, Millionen! Diesen Kuss der
ganzen Welt! Mehr fällt mir dazu nicht ein."

Wie der Advokat versprochen hat, trifft kaum eine Stunde nach dem
Telefonat ein Bote ein. Ohnesorg öffnet das Kuvert und zieht sieben Blätter heraus, deren Inhalt er schon zu kennen glaubt. „Der
Unterzeichnete (Vorname Zuname) will seine leiblichen Überreste
der Kunst vermachen. Die leiblichen Überreste müssen unmittelbar
zum Zeitpunkt des Todes nach dem aktuellen Stand der Technik
konserviert werden. Der Begünstigte wird den Unterzeichneten
(Vorname Zuname) als Koautor führen und den Erben des Koautors
50 Prozent aller aus dem Urheberrecht erwachsenden Ansprüche
abtreten. Sofern diese Bedingungen erfüllt sind, gehen die sterblichen Überreste von (Vorname Zuname) an den Fond Wosroschdenija LENINa (FWL), vertreten durch Wladimir Rasputin, in Moskau."
In den sieben gleich lautenden Formularen sind nur die Namen der
sieben Künstler individualisiert und natürlich die Unterschriften,
beglaubigt von Notar Dr. Andrea Ablasser.

Ohnesorg ruft nochmals das Dokument, das ihm Kate zugespielt hat,
auf und zoomt auf den Notariatsstempel, den er vorher nicht genau
unter die Lupe genommen hat. Was er vorfindet, sollte ihn überra-
schen, aber er hat aufgehört, sich in diesem Fall über irgendetwas
zu wundern: Notar Dr. Andreas Anlasser.
    Allerdings beschleicht den Kommissar langsam, aber sicher das
Gefühl, dass er zu alt für diesen Beruf ist. *Es ist mir doch früher
nicht so schwergefallen, einen roten Faden zu finden und diesen kon-
sequent zu verfolgen. Doch in diesem Fall stehe ich vor einem völlig
wirren Knäuel,* denkt er und versucht es daher mit der Plus-Minus-
Methode: zehn Minuten Brainstorming, die Liste aller Verdächtigen,
daneben ein Plus für alle Gründe, die für diese Person als Täter
sprechen, ein Minus für alle Argumente, die gegen sie sprechen.
    „Frau Doktor Ohnesorg", meldet der Adjutant.

„Drei Minuten", antwortet der Kommissar nach einem Blick auf die Stoppuhr. Exakt nach zehn Minuten hat er seine Liste fertig.

Damien Hirst + + - - +
Wladimir Rasputin + +
Maria Wonderland + + - -
Larissa Königshofer + +
US-Geheimdienst - + -
Eric Wonderland - -
Ernest Stradal - +

„Danke, dass du so schnell Zeit gefunden hast!", begrüßt Ohnesorg seine Exfrau und deutet an, aufzustehen.

„Bleib sitzen! Du … ich hab noch mal nachgedacht. Eric Wonderland, der Verflossene deiner Schwester, der passt auch in das Schema. Typische Figur aus der Geheimdienstszene. Immer unterwegs und privat völlig bindungsunfähig. Das sind natürlich nur induktive Schlüsse, aus den oberflächlichen Medienberichten lässt sich ja nichts deduzieren. Aber denk mal darüber nach!", fällt Bettina wie üblich mit der Tür ins Haus, und Ohnesorg, der noch seine Brainstormingergebnisse vor sich liegen hat, macht eine kleine Ergänzung bei Eric Wonderland: +

„Bitte setz dich!" Der Kommissar reicht ihr das Tonbandgerät.

Bettina Ohnesorg drückt den Startknopf und übersetzt simultan die wichtigsten Passagen.

– Hallo Mama, wie geht's?

– Lara! Warum hast du so lange nicht angerufen?

– War ziemlich viel zu tun mit der letzten Ausstellung … ja, toller Erfolg … viele Leute … Medienecho wie noch nie …

– Wremja („Das sind die Abendnachrichten", schiebt Bettina als Erläuterung ein) hat was berichtet über sieben tote Künstler. War das bei euch?

– Ja, aber es sind in Wahrheit natürlich keine toten Künstler. Nimm die Sendung auf, wenn wieder was läuft über die Ausstellung!

– Wie soll ich denn … ich hab ohnehin … und wann bist du wieder in Moskau, damit wir …

– Moskau wird in nächster Zeit nicht möglich sein, ich muss mich um die Vorbereitung einer Auktion kümmern ...

– Aber die Reparaturen im Badezimmer ...

– ... nein, nein, das geht nicht vor Neujahr ... Ich muss dann ... Ich küsse dich.

(Eine männliche Stimme beendet die Sequenz mit der Ansage: Freitag, Beginn 15:30 Uhr, Ende 15:47 Uhr.)

– Servus. Haben Sie dich laufen lassen?

– Irotschka, freut mich, dass du anrufst! Ich wollte mich schon bei dir melden! Wie geht es dir?

– Nur keine übermäßigen Zärtlichkeiten, mein Goldengel, du weißt, warum ich anrufe. Ich will ein paar Dokumente, die meines Erachtens illegitim zustande gekommen sind.

– Aber Ira, warum kommst du am Abend nicht einfach auf eine Tasse Tee vorbei, dann können wir in Ruhe alles besprechen.

– Nein, ich will gar nichts mit dir besprechen. Schick mir die Dokumente, du weißt, was ich meine, den Vertrag und das Testament, und du wirst nichts mehr von mir hören. Du hast eine Woche Zeit. Wenn ich nichts bekomme, hörst du von meinem Anwalt.

– Aber Irina, das geht jetzt gar nicht. Hugo sitzt noch, und ich weiß nicht, wo er ...

– Das ist deine Sache. Du hast eine Woche! Tschüss.

(Eine männliche Stimme beendet die Sequenz mit der Ansage: Freitag, Beginn 16:04 Uhr, Ende 16:07 Uhr)

– Hallo?

– Können Sie mich mit dem Büro des Präsidenten verbinden?

– Wen darf ich melden?

Erstmals stockt die routinierte Dolmetscherin, schaltet auf Rücklauf, hört nochmals die Sequenz und notiert dann in kyrillischer Schrift: ras putin sem medwedew / Rasputin SEM Medwedew.

„Das muss eine Chiffre sein, ich hör mal weiter, vielleicht verstehe ich aus dem Kontext, was gemeint ist", erklärt Bettina und setzt ihre simultane Übersetzung fort.

– Larissa Pawlowna, wie läuft die Sache?

– Wladimir Wladimirowitsch, die Untersuchungen müssen gestoppt werden, man muss dafür sorgen, dass die sieben Künstler umgehend überstellt werden.

– Das Guggenheim erwartet die Objekte erst in zehn Tagen. Mal schauen, was sich machen lässt.

– Du musst das Außenministerium einschalten. Ich bin überzeugt, dem Kommissar ist die einstweilige Verfügung egal. Der bohrt weiter!

– Mach dir keine Sorgen, den werden wir schon zügeln! Darum kümmern wir uns. Du solltest in der Zwischenzeit den Termin der Auktion lancieren.

– Ja, gut, darum kümmere ich mich am Montag.

– Dann alles Gute!

(Eine männliche Stimme beendet die Sequenz mit der Ansage: Freitag, Beginn 16:25 Uhr, Ende 16:31 Uhr)

„Was ist mit der Chiffre?"

„Rein phonetisch ist nicht zu entscheiden, ob sie sagte: ein Putin sieben Bären, oder: Rasputin – SEM – Medwedew, wobei SEM – Sojus Ekonomitscheskych Missi die Organisation der Auslandshandelsvertretungen von Russland ist. Nachdem Wladimir Wladimirowitsch offenbar Einfluss auf das MID, das russische Außenministerium, und damit indirekt auf die SEM hat, war wohl SEM gemeint. Aber der Inhalt ist hier gar nicht entscheidend, es handelt sich anscheinend um eine Parole, ein Losungswort, mit dem die Galeristin zu der gewünschten Person weitergeleitet wird. Interessant ist auch, dass sich die beiden zunächst in der Höflichkeitsform mit Vornamen Vatersnamen, dann aber sehr vertraulich per du anreden. Ich weiß nicht, ob es in der Sache von Belang ist, es ist jedenfalls ein Hinweis, dass sich die beiden schon lange kennen, denn in Russland ist man nicht sehr schnell per du. Zentrale Bedeutung hat meines Erachtens aber der Hinweis auf das Guggenheim. Schau doch mal im Internet, ob das Guggenheim eine Ausstellung mit den ‚7 KünstlerInnen' angekündigt hat."

Der Kommissar folgt schweigend den Anweisungen seiner Ex. Auf der Website des weltweit wichtigsten Museums für zeitgenössische Kunst findet er unter Special Exhibitions: Contemporary Video, March 26–September 6, European Modernism, July 9–January 5,

Kandinsky and Malevich, September 9–January 5.

„Geh mal auf Google, Anführungszeichen 7 KünstlerInnen Ausführungszeichen."

Die Suchmaschine spuckt 7.350 Einträge aus. Der Kommissar surft durch die ersten 100 Ergebnisse, darunter Artikel in Welt, Süddeutsche, mehrfach Tagespresse, dpa, APA, reuters, Daily Mirror, Newsfox, CNN, BBC und, und, und – alle Links führen zu Artikeln über die Ausstellung in Wien. Aber kein Hinweis auf das Guggenheim.

„Versuch es mit Anführungszeichen 7 KünstlerInnen Ausführungszeichen und Guggenheim."

Kein Eintrag.

„Also kein Zusammenhang zwischen dem Guggenheim-Museum und den ‚7 KünstlerInnen'. Das Guggenheim muss eine Chiffre sein. Ein Detail am Rande, aber wichtig: Es war ja nicht vom Guggenheim-Museum die Rede! Da Wladimir Wladimirowitsch die Macht hat, die ‚7 KünstlerInnen' in das sogenannte Guggenheim zu verfrachten, bleibt der Knackpunkt, herauszufinden, wer dieser Wladimir ist. Hast du in deinen Unterlagen einen Hinweis?"

„Rasputin", antwortet der Kommissar und wartet gespannt, ob Bettina mit dem Namen etwas anfangen kann.

„Rasputin? Was ist mit dem? Grigori Jefimowitsch Rasputin, der Dämon des Zaren?"

„Wladimir Rasputin, sagt dir der Name nichts? Nach den uns vorliegenden Informationen ist er Präsident des FWL und das FWL der Eigentümer der sogenannten Installation ‚7 KünstlerInnen'."

Die Dolmetscherin denkt nach, und der Kommissar kann an ihrer Mimik nachvollziehen, wie ihr messerscharfer Verstand die neue Information verarbeitet. Nach einer kurzen Nachdenkpause, die der Kommissar ohne Zwischenbemerkungen abwartet, serviert sie eine plausible Erklärung: „FWL, Fond Wosroschdenija LENINa ist natürlich bekannt, aber ein Rasputin ist dort sicher nicht in einer Führungsposition. Wobei der Titel eines Präsidenten natürlich alles bedeuten kann. Das ist wie bei uns: Jeder Vorsitzende eines Vereins wird als Präsident tituliert. Mir sind, außer Igor Leonski als sogenanntem künstlerischem Leiter, die Führungskräfte nicht geläufig, aber einen Namen wie Rasputin übersieht man nicht.

Den hätte ich mir gemerkt, wenn ich davon gelesen oder in den russischen Nachrichten etwas gehört hätte. Rasputin kann nur ein Tarnname sein, höchstwahrscheinlich für einen Doppelagenten, so wie das Guggenheim eine Chiffre ist, wahrscheinlich für Amerika. Damit fügt sich ein Puzzlestück in das andere. Überleg mal: Wenn NIA und MDE eine Vergeltung planen und als Kunst tarnen, dann müssen sie dafür sorgen, dass die Opfer zur Verwischung aller Spuren in die USA gelangen – dafür das Codewort ‚Guggenheim'. Anderseits müssen sie die Spuren zu den Urhebern der Tat verwischen. Am besten, indem sie die Opfer zum Täter machen und die Urheberschaft einem Land unterschieben, das selbst Opfer der Vergeltung ist. Die Medien haben ja die Spur nach Großbritannien zu Damien Hirst reichlich ausgeschlachtet. Wenn nun deine Untersuchungsergebnisse über den russischen FWL als Eigentümer noch publik werden ... Von mir wird niemand was erfahren, aber so was wird publik, da kannst du machen, was du willst! Dann hat DAMIEN, dann haben NIA und MDE ihr Ziel erreicht. Es wird unmöglich sein, den Amerikanern die Tat in die Schuhe zu schieben. Und damit das für immer so bleibt, muss die sogenannte Installation für alle Zeiten im Guggenheim verschwinden. Was immer das genau ist, aber es ist klar, wo das Guggenheim ist: in den USA."

Der Kommissar macht unbemerkt auf seiner Brainstormingliste eine kleine Ergänzung neben dem Eintrag „US-Geheimdienst": + +. Hastig lenkt er das Gespräch wieder auf eine weniger komplexe Materie: „Was ist sonst auf dem Band?"

Bettina drückt den Startknopf auf dem Tonband und fährt routiniert mit ihrer Synchronübersetzung fort:

– Hallo?
– Galina Georgiewna, guten Morgen! Entschuldigen Sie, dass ich jetzt erst anrufe, aber Sie brauchen heute nicht zu kommen. Auch die Termine in der Galerie entfallen nächste Woche. Ich benötige Sie dann wieder am kommenden Samstag. Nehmen Sie sich den ganzen Tag Zeit! Es ist sehr viel Wäsche zusammengekommen.

– Ja gut, werde ich machen. Und ist sonst alles in Ordnung?

– Ja, ja, alles bestens. Dann bis Samstag.

– Ich komme um neun. Wiedersehen.

(Eine männliche Stimme beendet die Sequenz mit der Ansage: Samstag, Beginn 08:05 Uhr, Ende 08:07 Uhr.)

– Igor Leonski und Monika Leonskaja. Wir sind derzeit nicht zu Hause, bitte hinterlassen Sie Ihre Nachricht, und wir werden so bald wie möglich zurückrufen.

(Eine männliche Stimme beendet die Sequenz mit der Ansage: Samstag, Beginn 08:10 Uhr, Ende 08:11 Uhr.)

„Ich weiß nicht, wie ich dir danken soll. Hast du noch eine Stunde Zeit? Dann könnten wir ja noch auf einen Sprung ins Eiles ...", bringt der Kommissar seine Einladung wie immer sehr unbeholfen an die Frau – an seine Exfrau.

„Sehr gerne." Bettina nickt, und Ohnesorg hat den Eindruck, als hätte er ein verführerisches Lächeln in ihrem Antlitz bemerkt.

Zweieinhalb Stunden später stellt Ohnesorg fest, dass er schon seit mehr als einer Stunde wieder im Büro sein sollte, und verlangt die Rechnung. „Entschuldige, ich muss wieder ...", küsst er seine Exfrau auf die Wange und eilt ins Büro, das glücklicherweise nur drei Gehminuten vom Café Eiles entfernt liegt.

„Frau Wonderland hat angerufen und bittet um einen Rückruf", empfängt ihn sein Adjutant.

Instinktiv greift Ohnesorg in seine Brusttasche und bemerkt erst jetzt, dass er sein Handy nicht dabei hatte. Er läuft in sein Büro und wählt vom Festnetz aus die Nummer von Emilie.

„Hallo, ich habe dich nicht erreicht! Kannst du in 30 Minuten beim Notar Dr. Frauenberger sein? Der ist bei mir um die Ecke, im 15. Bezirk, Krebsgartengasse 7. Stell dir vor, ich habe eine Einladung zur Testamentseröffnung von Maria bekommen", lässt ihm seine Schwester keine Wahl, anders zu handeln, als sofort alles liegen und stehen zu lassen und ein Taxi zu rufen, um rechtzeitig beim Notar zu sein.

„Frau Wonderland, zunächst mein Beileid … Da der Tod von Maria Wonderland amtlich bestätigt wurde, war ich verpflichtet, das Testament umgehend zu eröffnen. Nach dem letzten Willen Ihrer Tochter sind Sie Alleinerbin ihres Vermögens, das sie in Sparbüchern und Aktien angelegt hat. Ich händige Ihnen hiermit vier Kapitalsparbücher mit jeweils 100.000 Euro aus, plus Zinsen müssten es circa 107.000 bis 110.000 Euro pro Sparbuch sein. Und eine Depotnummer für das Aktienpaket, über das Sie mit unserer notariellen Bestätigung ab sofort verfügen können. Nach heutigem Stand sind die Aktien rund 237.000 Euro wert. Es sind einige Immobilientitel dabei, die in den vergangenen zwei Jahren stark gefallen sind, wenn Sie etwas warten, könnte der Wert des Pakets noch deutlich zulegen."

Sprachlos und fragend den Kopf schüttelnd, schaut Emilie Wonderland abwechselnd ihren Bruder und den Notar an: „Wo soll denn das her sein? Wie konnte Mary so viel Geld … 400… 650.000 … Das waren einmal 10 Millionen Schilling! Völlig unmöglich! Bin ich im richtigen Film? Das ist ja wie eine der dubiosen Spam-Mails, in denen dir von völlig unbekannten Menschen Millionenerbschaften angeboten werden, das gibt's ja nicht im wirklichen Leben! Mary hat nie was verdient. Was sie verdient hat, gab sie für ihre vielen Reisen aus."

„Soviel ich weiß, genoss Frau Wonderland ein hohes Ansehen in internationalen Kunstkreisen. Da sind solche Beträge an sich nicht ungewöhnlich", sucht der Notar nach einer rationalen Erklärung für diese Summen, die der Mutter der Künstlerin völlig unerklärlich sind und bleiben, auch wenn sich der Notar noch eine Dreiviertelstunde redlich bemüht, die Möglichkeit der Wirklichkeit außer Frage zu stellen und die Wahrheit der Tatsachen zu beweisen.

Nachdem Emilie Wonderland alle Formalitäten erledigt hat, begleitet sie Werner Ohnesorg nach Hause. Unterwegs kehren sie in ein Gasthaus ein, eine ziemlich heruntergekommenen Spelunke, nicht unbedingt das Ambiente, in dem man einen Lottosechser feiert. Aufmerksam hört Ohnesorg seiner Schwester zu, die chronologisch völlig ungeordnet Anekdoten aus dem Leben von Mary erzählt. Vorsichtig wirft Ohnesorg hin und wieder eine Frage ein, wobei er sich anstrengt, diese so zu formulieren, dass sie nicht wie ein Verhör klingt. Das lange Gespräch wird nur einmal, es ist wohl schon neun Uhr abends, von einem Anruf unterbrochen.

„Hast du meine Mail bekommen?", fragt Kate, ohne sich für den Anruf um diese Zeit zu entschuldigen.

„Ja, ja, der BBC-Bericht. Ziemlich interessant!", antwortet der Kommissar in einem neutralen Tonfall und ergänzt: „Danke auch für das Attachment."

„Nein, ich hab dir noch einen aktuelleren Link geschickt. CNN hat berichtet, dass in der Herbstauktion von Christie's ein neues Highlight angeboten werden soll: die ‚7 KünstlerInnen'! Und jetzt rate mal, zu welchem Schätzpreis ..."

„Könnte schon sechsstellig sein", mutmaßt der Kommissar nach seinen neuesten Erkenntnissen aus der Testamentseröffnung.

„400 bis 500 ...", sagt Kate und legt eine Pause ein.

„Es ist mir zwar nicht klar, auf welcher Rechtsgrundlage diese Auktion stattfinden soll, aber 400.000 bis 500.000 sind sicher ein üblicher Marktpreis", meint Ohnesorg.

„400 bis 500 ... Mil-li-o-nen ... Dollar", lässt die Journalistin triumphierend die Katze aus dem Sack.

Ohnesorg nimmt sein Handy vom Ohr und vergewissert sich auf dem Display, dass tatsächlich Katharina Stich anruft. Seine ehrgeizige, manchmal im Graubereich tätige Redakteurin, die aber immer zuverlässige Informationen liefert. „Wenn es CNN berichtet, wird es wohl stimmen. Ich danke dir jedenfalls für den Hinweis. Ich muss jetzt leider noch ...", beendet der Kommissar das Gespräch, weil er mit Kate jetzt noch nicht über die Erbschaftsgeschichte reden will. *Ich muss diese Zahlen erst einmal verdauen,* denkt er und wendet sich wieder seiner Schwester zu.

Erst kurz vor Mitternacht kommt Ohnesorg nach Hause, und es dauert rund zwei Stunden, bis er einschlafen kann.

Kapitel 12 – Die Nachtwache

Ein Geräusch weckt Ohnesorg. Er reibt sich die Augen und muss verwundert feststellen, dass der Luster seines Schlafzimmers nicht ausgeschaltet ist. Er leuchtet zwar nur leicht, gedimmt auf die niedrigste Stufe, aber er leuchtet, und das, obwohl Ohnesorg den Luster eigentlich nie einschaltet, wenn er schlafen geht. Während er sich sorglos auf die andere Seite dreht, vernimmt er eine bekannte Stimme: „Entschuldige, Onkel Werner, dass ich mir ohne deine Erlaubnis Zutritt verschafft habe und bei dir Nachtwache halte."

Auf dem mit weißem Leder bezogenen Fernsehsessel sitzt, die Beine hoch gelagert und die Hände hinter ihrem Kopf verschränkt, seine Nichte.

„Mary, woher kommst du? Wohin gehst du? Um Gottes Willen, ich Halluzinationen! Wer sind Sie? Was soll ich jetzt glauben?", fragt Ohnesorg verwirrt.

„Das sind ja Fragen für ein ganzes Philosophicum", antwortet die Nichte des Kommissars heiter.

„Vielleicht kannst du mit der ersten Frage beginnen", sagt Ohnesorg, während er sich aufsetzt, seinen Pyjama zuknöpft und gleichzeitig mit den Füßen nach seinen Patschen tastet.

„Lass dich umarmen!", fällt ihm Maria Wonderland um den Hals, und ihr Onkel spürt einen feuchten Kuss auf seiner stoppeligen Wange und den Geruch von Chanel N° 5, dem Lieblingsparfum seiner Nichte. Erst jetzt ist er sich sicher, dass er nicht mehr träumt, denn Gerüche gibt es ja nicht in echten Träumen! Trotzdem kann er sich von seiner steifen Haltung nicht lösen und forscht im Verhörton: „Wie kommst du eigentlich in meine Wohnung?"

„Das ist wirklich das geringste Problem. Dafür gibt's ja ganz simple Werkzeuge."

„In welchen Kreisen verkehrst du, dass du solche Werkzeuge ..."

„Entschuldige, ich bin dir wohl eine Erklärung schuldig", erwidert Mary, schmiegt sich an ihren Onkel und legt sanft ihren rechten Arm auf seine Schulter. Zögernd greift Ohnesorg nach ihrer linken Hand und beginnt, sie vorsichtig zu streicheln. Dabei zieht er sie näher vor seine Augen, als wolle er ihr die Zukunft aus der Hand lesen. Langsam schiebt er den Ärmel ihres roten Kaschmirpullis zurück und sieht die ihm bekannte Brandwunde. Schon als Kind hatte Maria einen starken Gerechtigkeitssinn und holte oft die Kartoffeln für andere aus dem Feuer, und zwar im buchstäblichen Sinne. Sie war kaum sieben Jahre, als sie eine Rauferei, die Nachbarskinder rund um das Osterfeuer angezettelt hatten, schlichten wollte. Die Spuren davon trägt sie bis heute am Unterarm. Ohnesorg kann sich nicht entscheiden, ob er weiter den fürsorglichen Onkel spielen oder den Kommissar, der einen Fall zu klären hat, endlich wecken soll. Er beschließt, spontan zu bleiben, und sagt: „Zeig mir deine Tätowierung!"

„Ich hab keine Tätowierung", zögert Mary, wissend, dass ihr Onkel ihre Jugendsünde kennt.

„Das ist aber sonderbar. Meine Nichte Mary – und ich weiß nicht, ob ich mit dieser Frau jetzt spreche, hatte ... oder hat eine Tätowierung."

Mary streift kurz entschlossen ihren Rollkragenpulli über den Kopf. Der Kommissar kann nicht umhin, als Erstes einen wohlgeformten Busen unter ihrem schwarzen Spitzen-BH zu bemerken. *Größer als der von Mary,* denkt er und zwingt sich, seinen Blick dorthin zu lenken, wo bei Mary die Tätowierung war. Auf der gut gebräunten Haut zeichnen sich hellere Punkte ab, die wie eine Perlenkette um den Hals liegen. „Ich hab sie weglasern lassen", erklärt Mary, während sie sich ohne Widerspruch inspizieren lässt. „Darf ich den Pulli wieder anziehen?", unterbricht sie Ohnesorg, nachdem sie ihm eine Zeit lang bei seiner halbamtlichen Untersuchung zugesehen hat.

„Ja, natürlich!" Der Kommissar hat sich wohl etwas zu weit vorgebeugt und setzt sich wieder aufrecht hin, um eine korrekte, dienstliche Haltung einzunehmen, bevor er die Befragung fortsetzt. *Soll ich sie überhaupt befragen oder einfach abwarten, was sie selber erzählt?* Mit skeptischem Blick beobachtet er, wie Mary den Pulli wieder anzieht und dann ihre natürlichen, langen Haare mit einer eleganten Handbewegung aus dem Kragen streift, wobei die elektrische Ladung ein hörbares Knistern verursacht. *Wer ist diese Frau? Eine Verwandte, eine Fremde, ein Opfer, ein Täter oder meine wichtigste Zeugin?* Schließlich beendet Ohnesorg das Schweigen. „Also kommen wir zurück zu unserer ersten Frage: Woher kommst Du? Wo warst du so lange? In Moskau, in London, in New York?"

„Ja, ja, ja! Du kannst noch viele Städte aufzählen, du wirst fast immer einen Treffer landen. Ich habe im vergangenen Jahr die meisten Metropolen dieser Welt besucht, um mir die wichtigsten Kunstmessen anzusehen: Dubai, Shanghai, Peking, Köln, Berlin, Basel, Maastricht und natürlich auch Moskau, London und New York."

„Bleiben wir mal in London. Wann warst du zuletzt dort?"

„Immer wieder mal, zuletzt bei der Eröffnung der Damien-Hirst-Ausstellung in der Tate. Aber ich war vorher auch schon dort, nicht nur in der Tate, sondern auch in der Factory von Hirst."

„Du hast dich dort eingeschlichen?"

„Sagen wir so: Mein Alter Ego Fransiska Banning Cocq war eine Mitarbeiterin von Hirst. Zur Realisierung seiner Großausstellung in der Tate hat er mindestens 200 Mitarbeiter, darunter viele junge Künstler und Kunststudenten, engagiert. Da war es gar nicht schwer reinzukommen."

„Wie lange warst du da?"

„Einen Monat. Lang genug, um ein paar Spuren zu hinterlassen, die zu Damien First führen."

„Verdammt, wer ist dieser Damien First? Steckst du hinter diesem Phantom? Auch ein Alter Ego wie dieser Koks?", wird der Kommissar plötzlich heftig.

„Banning Cocq, der Hauptmann aus Rembrandts Nachtwache", antwortet Maria Wonderland ruhig und besonnen, „ist ein Alter Ego von mir – es gibt auch noch andere –, während Damien First eine mehrfache Verschlüsselung ist: DA MI EN FIRST = IN GOD WE TRUST = THE RULE OF BUCKS = THE LOVE OF GOD = DO MI NI ON."

„Das ist ein bisschen viel auf einmal", muss der Kommissar offen eingestehen und wälzt sich aus dem Bett, um ein Blatt Papier von seinem Schreibtisch, der im Wohnzimmer steht, zu holen. *Das muss meine Exfrau entschlüsseln,* denkt Ohnesorg. Auf dem Schreibtisch liegt sein BlackBerry und er versendet schnell zwei SMS. „Damien bedeutet Dominion", schreibt er an Bettina. Und an Kate sendet er die Frage: „Was sagt dir die Nachtwache von Rembrandt?" Bettina Ohnesorg lässt sich grundsätzlich nicht in ihrer Nachtruhe stören, aber Katharina hat Schlafstörungen und wacht beim leisesten Geräusch auf. Ohnesorg holt ein Blatt aus der Lade, steckt das Handy in die Pyjamatasche und verharrt in Gedanken noch eine Weile bei

Bettina, seiner Ex, und bei Kate – möglicherweise seine Zukünftige. *Die Hoffnung stirbt zuletzt! Wenn ich bloß wüsste, was Frauen wirklich denken, wenn sie sagen, was sie fühlen. Fälle kann man klären, Beziehungen wohl nie.*

„Wie war das noch mal mit den Verschlüsselungen? Und was hat Hirst nun mit First zu tun?"

Mary nimmt das Blatt, schreibt in Blockschrift die vorhin erwähnte Gleichung und erzählt gleichzeitig – *eine Meisterleistung im Multitasking,* bemerkt der Kommissar – über Hirst und First: „Hirst hat Dreck am Stecken. Aber das ist eine lange Geschichte. Hat nicht nur mit seinen Machenschaften, wie er den Kunstmarkt manipuliert, zu tun. Ist eine alte Geschichte, die Alfred Castor betrifft. Ich konnte Hirst bei einer feuchtfröhlichen Feier jedenfalls den Floh ins Ohr setzen, statt Tierpräparaten Menschen in Skulpturen zu verwandeln. Vor der Vernissage konnte ich Hirst überzeugen, ein paar Fans persönlich zu empfangen, die ihm ihren Körper testamentarisch vermachen wollten. Das Testament sollte nach der Eröffnung der ‚7 KünstlerInnen' gefunden werden und eine entsprechende Presseflut auslösen. Die Medien sind ja mit Skandalen extrem leicht zu steuern, das wirst du in den kommenden Tagen und Wochen noch erleben!"

„Was genau?"

„Die britischen Medien sind bissiger als die Haipräparate von Hirst. Mehr will ich dazu jetzt nicht sagen."

„Habe ich richtig verstanden, dass du mit Castor und weiteren Fans vor der offiziellen Vernissage in der Factory von Hirst warst? Waren diese Fans zufällig Igor Leonski, Tony Kuss, Ernest Stradal, Wonda McQueen und Marina Besrodnych?"

„Wonda und Marina waren nicht direkt dabei, die anderen schon."

„Was heißt nicht direkt? Was ist dann passiert?"

„Alfred Castor hat eine tolle Show abgezogen und Hirst buchstäblich verarscht. Obwohl er seit Jahren Prozesse gegen Hirst führt, hat ihn Hirst nicht einmal erkannt. Der ist ja total abgehoben, strahlt gerne wie die Sonne und lässt die Schattenseiten seines Lebens von Anwälten erledigen."

„Und nach dieser Show?"

„Dann hat uns Hirst großzügig seine Stretchlimousine bereitgestellt, um uns zurück in unsere Hotels zu bringen. Dort haben wir unsere bereits gepackten Koffer abgeholt und sind weiter zum Londoner City Airport gefahren, wo bereits der Privatjet von Rasputin auf uns wartete. Zwei Stunden später waren wir in Moskau."

„Eine ziemlich rasante Reise. Was ist dann in Moskau passiert?"

„Dafür muss ich etwas weiter ausholen." Mary kauert sich gemütlich ans Fußende des Bettes und Werner streckt seine Beine aus und zieht die Bettdecke drüber. „Also vielleicht fangen wir im Wintersemester 1993/94 an, als ich mein Dolmetschstudium abgebrochen habe. Du weißt, dass nicht viel für den Abschluss fehlte und dass ich den Abschluss leicht geschafft hätte. Aber damals lernte ich Igor Leonski kennen. Er war Juror auf der Dolmetsch-Olympiade in Berlin. Er hat mir gesagt, ich sei die Beste, egal wie die Olympiade ausgehe, er habe noch nie eine Nichtrussin mit derart überzeugender Phonetik gehört und so weiter. Ich war natürlich geschmeichelt und habe sein Angebot sofort angenommen. Übrigens verpasste ich beim Wettbewerb in der Disziplin ,Russisch-Englisch simultan' knapp eine Medaille."

„Sein Angebot?"

„Offiziell wurde ich wissenschaftliche Mitarbeiterin im FWL. Ich war natürlich naiv, habe keine Fragen gestellt, die Bezahlung war gut, sogar hervorragend für meine damaligen Verhältnisse, und die Herausforderung war auch recht interessant: Ich musste recherchieren, in welchen Bereichen Kunst und Medizin Schnittpunkte liefern. Erst nachdem ich die ersten Berichte abgeliefert hatte, habe ich langsam kapiert, worum es Leonski und dem FWL eigentlich geht, und ich habe neue Identitäten zur Tarnung angenommen."

„Tarnungen?"

„Ja, die Tarnung als Künstlerin, als Konzeptkünstlerin und noch einige andere Tarnungen. Die Informationsabteilung, die Leonski im FWL leitete, ist de facto ein geheimer Nachrichtendienst, auf gut Deutsch: Ich wurde als Agentin angeworben und dann systematisch ausgebildet. Wobei das keine Ausbildung zu einem 007-Agenten war, sondern primär wissenschaftliche Inhalte hatte. Wir sind ja auch nicht mit technischem Brimborium wie James Bond ausgestattet. Ich habe lediglich ein paar simple Hilfsmittel in meiner Handtasche, um bei Bedarf eine Tür zu öffnen, mal da oder dort ein bisschen mitzuhören oder wichtige Dokumente zu fotografieren.

Das lässt sich heutzutage alles in einem handelsüblichen Handy unterbringen. Meine einzige Waffe ist ein ganz ordinäres Pfefferspray, das jede anständige Dame in ihrer Handtasche haben sollte. Die Zeiten des Kalten Krieges waren schließlich vorbei, als ich angefangen habe. Heute geht es fast immer um Industriespionage. Und da Anfang der 1990er-Jahre schon absehbar war, dass Biotechnologie zu einem ganz großen Geschäft werden würde, hat der FWL eine eigene Abteilung für diesen Bereich aufgebaut – mit dem Ziel, in den Bereichen ‚Gentechnik und Stammzellenforschung‘ alles zu sammeln, was weltweit geforscht wird. Soweit eigentlich ein ganz normaler Job, den viele Wissenschaftsjournalisten auch erledigen. Unsere Abteilung unterscheidet sich allerdings dadurch, dass wir nicht nur Informationen sammeln, sondern auch Informationen streuen", berichtet Mary und ergänzt nach einer kurzen Pause: „Wenn's notwendig ist, auch Falschinformationen."

Obwohl Ohnesorg bereits weiß, dass er das alles nicht träumt, meint er immer noch, er könnte gleich in einem Roman von John le Carré statt im wirklichen Leben aufwachen.

„Kannst du mir ein Glas Wasser aus der Küche bringen?", bittet er seine Nichte und richtet sein Kissen, damit er sich wie ein Patient im Bett zurücklehnen kann. Kate hat ihm mittlerweile geantwortet. Während Mary in der Küche ist, liest Ohnesorg ihre E-Mail: „Im Familienalbum des Hauptmannes Cocq hat das Bild den Titel *Der Hauptmann gibt seinem Leutnant den Auftrag, die Bürgerwehr marschieren zu lassen. Im Mittelpunkt des Bildes steht eine Bürgerwehr aus der Zeit des 17. Jahrhunderts. Der Idee der zu erreichenden Ordnung ist das Bildganze zugeordnet. Die beiden Offiziere gehen auf die Mitte zu. Viele Spieße und Gewehre lassen in ihrer rhombischen Anordnung schon das Ordnungsprinzip der militärischen Übungen ahnen. Die Spannung zwischen dem ‚schon jetzt‘ und ‚noch nicht‘ macht den besonderen Reiz dieser Komposition aus. – Schlag nach bei Wikipedia ;-) Gute Nacht oder guten Morgen, Kate"*

Mary ist schnell wieder da, stellt das Wasserglas auf dem Nachtkästchen ab, hockt sich wieder ganz ungeniert ins Bett und legt ihre Beine im Yogasitz übereinander.

Während Ohnesorg das Wasser austrinkt, erzählt Wonderland weiter: „Als 1996 das Klonschaf Dolly das Licht der Welt erblickte

und die amerikanischen Labors immer öfter Nachrichten brachten, welche Organe sie als menschliche Ersatzteile mit Stammzellen nachgebaut beziehungsweise nachgezüchtet hatten, fiel im
FWL die Entscheidung, den ersten menschlichen Klon herzustellen. In der Grundlagenforschung war der FWL dem Rest der Welt
ja immer um Jahre und Jahrzehnte voraus. Wie du sicher schon
herausgefunden hast, ist Lenin die Keimzelle des FWL. Im Lenin-
Mausoleum waren von Beginn an, also seit 1924, dutzende Topwis-
senschaftler mit den Konservierungsarbeiten betraut. Damit gibt
es weltweit eine einzigartige, lückenlose Dokumentation, schon
seit über 85 Jahren, nicht nur über Konservierungstechniken, sondern auch über die ältesten angewandten Stammzellenexperimente.
Dass auch 20 Jahre nach dem Ende der Sowjetunion der Gründer
dieses Staates nicht begraben wurde, liegt nur daran, dass sein Körper für die weitere Forschung benötigt wird. Als Staatssymbol hat
er ja keine Funktion mehr."

„Ich hab schon öfter gelesen, dass die Sowjetunion viele wissenschaftliche Errungenschaften für sich reklamiert hat, obwohl sie im
Westen längst bekannt waren. Das waren eben die Zeiten des Kalten Krieges", wendet Ohnesorg ein.

„Tatsache ist, dass Russland neben der experimentellen Forschung
auch immer in der Grundlagenforschung führend war", setzt Maria Wonderland ihren Vortrag fort, ohne sich ablenken zu lassen.
„Zwar haben der Amerikaner Ross Harrison und der Franzose Alexis
Carrel im Jahr 1907 die Grundlagen der Gewebekultur entwickelt,
womit es möglich wurde, Zellen in der Kulturschale zu vermehren,
aber der Hämatologe Alexander Maximow aus Sankt Petersburg
war es 1909, der den Begriff ‚Stammzelle' geprägt hat und damit die
Grundlage für die heutige Stammzellenforschung schuf. Aber ich
will dich nicht mit historischen Fakten langweilen. Der Beschluss
des FWL musste natürlich streng geheim bleiben. Die embryonale
Stammzellenforschung ist ja legistisch nicht abgesichert, auch nicht
in Russland, obwohl es die Forschung dort sicher leichter hat als
in anderen Ländern. Trotzdem: Strengste Geheimhaltung war an-
gesagt. Und in guter Geheimdiensttradition hat man daher auf die
Verschleierungstaktik, in dem Fall durch die Kunst, gesetzt. Damit
war ich von Beginn an als Schnittstelle in das Projekt eingebunden,

und weil der Kreis der Insider möglichst klein bleiben musste, war ich aus der Informationsabteilung die einzige Mitarbeiterin. Leonski war natürlich von Anfang an dabei, aber als die Experimente begonnen haben, war er schon Leiter der Abteilung ‚Genetisches Design‘. Du weißt ja sicher, dass er nach außen künstlerischer Leiter der FWL-Kunstsammlung ist. Was auch stimmt, die Sammlung gibt es ja wirklich. Aber sie dient natürlich nur der Tarnung.“

„Experimente ...“, steuert Ohnesorg zurück auf das Wesentliche.

„Bevor wir mit dem eigentlichen Klonen beginnen konnten, mussten wir die Gebärmutter im Labor nachbauen. Sonst hätten wir viel zu viele Leihmütter gebraucht und damit die Geheimhaltung gefährdet. Tatsächlich war die Gebärmutter nicht das größte Problem, die ist ja längst bis ins letzte Detail erforscht. Die Schwierigkeit lag darin, die Plazenta, die sich ja weiterentwickelt und in jedem Entwicklungsstadium des Embryos ganz spezifische Stoffe produziert und ganz spezifische Aufgaben übernehmen muss, zu erzeugen. Vor sieben Jahren ist uns in dieser Frage der Durchbruch gelungen. Ein wirklich durchschlagender Erfolg, denn der FWL hat sogar eine Art Gelée royale gefunden, das die beschleunigte Entwicklung des Embryos bis ins Erwachsenenalter hinein ermöglicht. Damit wächst der Embryo in zwei Jahren ungefähr so schnell wie ein Mensch im echten Leben in 15 bis 16 Jahren. Und in drei Jahren ist der Embryo in der künstlichen Gebärmutter und Plazenta so weit gealtert wie ein 30- bis 35-Jähriger.“

„Das sind ja ungeheuerliche ...“, wendet Ohnesorg ein, aber Mary lässt ihn nicht ausreden.

„Ich weiß, dass das mit unserem Wertesystem nicht vereinbar ist. Aber sag ehrlich, wo sind die Grenzen? Warum darf man ein Hüftgelenk austauschen, warum darf man fremde Organe einsetzen, sogar das Herz verpflanzen? Irgendwann wird es wohl möglich sein, Gehirntransplantationen durchzuführen. Wo sind deiner Meinung nach die Grenzen des moralisch Zulässigen? Die medizinisch-technische Entwicklung definiert diese Grenzen immer neu. Moralität definiert sich in Wahrheit nicht durch philosophische Deduktion, sondern durch die Macht des Faktischen. Und da das FWL in dem Forschungsgebiet dem Rest der Welt um mehrere Jahrzehnte voraus ist, muss alles, was wir heute schon können, noch einige Jahre unter

Verschluss bleiben, damit diese wissenschaftlichen Errungenschaften nicht von einer Mehrheit verhindert werden, die mental noch nicht reif dafür ist."

Sie kennen diese Frau nicht! Ohnesorg denkt wieder an die Worte von Anna Castor und beobachtet, wie seine Nichte nachdenklich auf den Luster blickt, bevor sie ihren Kopf senkt und fortfährt. „Ich war selbst in einer Situation, die mir alle moralischen Bedenken gegen menschliche Klone genommen hat, denn mir hat das FWL das Leben gerettet: Mein Brustkrebs konnte erfolgreich operiert werden, und zwei neue Brüste wurden mir von meinem eigenen Klon, der sich nun als Wonda McQueen in der Ausstellung findet, transplantiert."

„Brustkrebs? Ich dachte, du hattest Leukämie", zitiert Ohnesorg den Obduktionsbefund.

„Die Gentechniker des FWL haben versucht, in meinem ersten Klon ein Antikrebsgen zu aktivieren, um die Heilungschancen mit dem Antigen zu testen. Das ist leider schiefgelaufen, und das Ergebnis war die Leukämie. Diesen Klon, nicht mich, hat dein Pathologe untersucht, und ich – nein, wir alle im FWL sind dir dankbar, dass du diesen Klon amtlich als Maria Wonderland identifiziert hast."

Mary schaut ihren Onkel mit treuherzigen Augen an, so als hätte sie ihm gerade erzählt, ein paar Kirschen im Nachbargarten gestohlen zu haben. Ihr Blick sagt: *Verzeih mir!* Sein Blick sagt: *Ich weiß, jeder Protest ist vergebens, du hast bereits jeden Widerspruch im Keim erstickt.*

„Wir haben dann weitere Klone generiert, und die Ergebnisse wurden immer besser. Ich fühle mich heute, nach der Operation, viel gesünder als vor Ausbruch meiner Krankheit. Wirklich, ich habe das Gefühl, als wäre ich 20, und ich finde, hart an der Grenze zur 40 ist das gar nicht so schlecht. Ich gebe zu, dass ich nach der Brustoperation auch eine Stammzellentherapie erhalten habe. Das ist ein echter Jungbrunnen! Etwas anderes als die Mittelchen, die amerikanische Pharmakonzerne unter dem Label ‚Anti-Aging' verkaufen. Aber ich bin natürlich nicht die Einzige, die von dieser Forschung profitiert hat. Hast du bemerkt, dass Wladimir Putin seit 15 Jahren unverändert wie 35 aussieht und Dmitri Medwedew, der nebenbei bemerkt nur sieben Jahre älter ist als ich, wie ein Dreißigjähriger? Bei dem Stress, den diese Politiker in ihrer Position haben, eigentlich unmöglich. Außer man unterzieht sich hin und wieder einer

Stammzellenkur. Erinnere dich an die Sowjetzeit: Die Apparatschiki des Politbüros haben damals mit 40 Jahren ausgesehen wie mit 65!"

„Und die anderen Künstler der ominösen Installation im Kunstraum, sind das auch Klone?"

„Na klar, wir sind doch nicht so geschmacklos oder gar kriminell, echte Menschen zu töten – nur für ein Kunstwerk."

„Demnach sind die Klone keine ... echten Menschen?"

„Das ist wohl so. Eine eigene Abteilung des FWL beschäftigt sich mit dem Wesen des Menschen. Was ist ein Mensch? Ab wann ist ein Mensch ein Mensch? Ab der Geburt, ab der Zeugung? Und vor allem die Frage: Wie kommt der Geist in den Körper? Bei all den Erfolgen in der Stammzellenproduktion bis hin zum kompletten Klon konnte der FWL bis heute diese elementare Frage nicht beantworten. Irgendetwas muss in der natürlichen Geburt geschehen. Etwas, das fehlt, wenn man einen erwachsenen Klon von der künstlichen Plazenta trennt. Alle Klone, die wir der künstlichen Gebärmutter entnommen haben, haben keinerlei Reflexe, Aktionen oder Reaktionen entfaltet. Sie sind als Komapatienten zur Welt gekommen, alle Organe funktionieren, aber das, was wir üblicherweise als Geist bezeichnen, war nicht nachweisbar und ist in keiner der Klongeburten aufgetreten."

„In keiner? Wie viele waren es denn schon?"

„Na ja, insgesamt schon mehr als die mittlerweile berühmten sieben Künstler. Die genaue Zahl kenne ich nicht, oder wie man bei uns sagt: darf ich nicht kennen. Aber zerbrich dir nicht den Kopf darüber, es waren keine Menschenopfer für die Kunst, sondern Klonexperimente zur Rettung menschlichen Lebens. Fredi, Tony und Ernest liegen gerade jetzt in der Klinik des FWL in der Moskauer Vorstadt Selenograd und erholen sich dort von ihren Operationen. Ernest hat eine Lebertransplantation bekommen, Tony eine neue Niere, und Fredi hatte es am schwersten, er musste ein neues Herz bekommen. Und das war sozusagen sein eigenes Herz beziehungsweise das Herz seines eigenen Klons. Auch die Amerikaner wissen schon lange, dass die aus eigenen Stammzellen nachgebauten Organe am besten verträglich sind. Sie wissen nur noch nicht, wie man ein komplettes Ersatzteillager herstellt."

„Ersatzteillager!", will Ohnesorg im Brustton der Empörung hervorstoßen, doch er bringt nur ein Krächzen zustande.

„Entschuldige das hässliche Wort!", lenkt Mary schnell ein und versucht, den Kontakt zu ihrem Onkel wiederherzustellen. Sie bemüht sich um Körperkontakt, doch in ihrer Reichweite bekommt sie nur die kalt gefrorenen Zehen ihres Gesprächspartners zu fassen. Sie beginnt diese heftig mit beiden Händen zu massieren und wiederholt: „Entschuldige das hässliche Wort, aber weiter haben wir die Entwicklung noch nicht geschafft. Unsere Klone sind nicht mehr als Ersatzteillager. Noch nicht. Aber ich kann mir vorstellen, dass wir in 20 oder 30 Jahren so weit sind, dass der Klon zur Fortsetzung des eigenen, verbrauchten Lebens dienen wird. Wenn wir gelernt haben, den Geist zu transplantieren, so wie wir gelernt haben, ein Herz zu transplantieren, dann haben wir die Schwelle zum ewigen Leben überschritten."

Angenehme Wärme kehrt langsam in die Extremitäten des Kommissars zurück. Verkrampft denkt er an *Das Russland-Haus* von John Le Carré: *Da stimmt doch was nicht in dem Film, der hier abläuft. Spione, die alle Geheimnisse verraten, werden doch in der Regel kaltblütig ermordet. Oder sie bringen nach ihrer Beichte ihren Beichtvater um.* Der Kommissar macht das Einzige, was ein Beichtvater in so einer Situation tun kann. Um Zeit zu schinden, versucht er das Gespräch in die Länge zu ziehen, und liefert der Superspionin ein neues Stichwort.

„Da waren noch Marina Besrodnych und Wonda McQueen", bemüht sich der Kommissar um Vollständigkeit der Aufklärung.

„Verschiedene Identitäten von mir. Das gehört zum Spiel in unserem Beruf. Ich sag dir ehrlich, ich bin schon oft aufgewacht und hab nicht sofort gewusst, wer ich gerade bin", erzählt Mary ihren Lieblingswitz aus der Agentenwelt und lacht dabei herzlich.

„Wo ist Igor Leonski geblieben?", erinnert der Kommissar an einen weiteren „Komapatienten".

„Wie du vielleicht erfahren hast, bin ich – ist Marina Besrodnych – schon eine Zeit lang mit Igor Leonski zusammen. Wir hatten über die Jahre beruflich sehr viel miteinander zu tun und sind uns in den letzten zwei Jahren wirklich nahegekommen. Dass wir uns nun auch in den ‚7 KünstlerInnen' verewigt haben, ist Teil unseres Ausstiegsszenarios."

„Ausstiegsszenario?"

„Ja, die Geheimdienste sind ja heute nicht mehr die Kommandozentralen des Bösen, sondern ganz normale Organisationen mit Pensionsanspruch. Überall, wo in der Öffentlichkeit Lobbyisten auftreten, dort sind im Hintergrund die Geheimagenten tätig. Während aber in der Regel bekannte, hoch dekorierte Persönlichkeiten als Lobbyisten in der Auslage stehen, müssen die Geheimagenten unbekannt bleiben und deshalb auch oft ihre Identität wechseln. Und das ist auf Dauer wirklich anstrengend. Das ist wie Spitzensport, das kann man nicht ewig machen. Ich bin nun 15 Jahre dabei und Igor mehr als 20 Jahre, deshalb haben wir gesagt, bevor wir umkippen, gehen wir. Leider verpassen manche den Absprung und enden in psychiatrischen Anstalten. Viele werden schizophren, andere werden kriminell. Wir hatten eine spannende Zeit und wollen nun in Pension gehen."

„Wozu dann der ganze Aufwand mit der sogenannten Installation der ‚7 KünstlerInnen'?"

„Nun, die Pension, die uns zusteht, ist nicht besonders hoch. Während der Aktivzeit verdienen Geheimagenten sehr gut, aber sie führen ja auch ein teures Leben. Wer aussteigt, wird aber reduziert auf eine einfache Pension. Und das ist in Russland echt nicht viel! Deshalb diese kleine Inszenierung mit den ‚7 KünstlerInnen'. Die Klone werden, wenn die Experimente mit ihnen beendet oder sie als Ersatzteillager ausgebeutet sind, ohnehin zu Abfallprodukten. Diese Abfallprodukte werden mit einem Mix aus Alkohol und Flunitrazepam eingeschläfert. Leonski gab mir freie Hand, sieben ausgeweidete Klone in ein Kunstprojekt zu verwandeln, und dieses Kunstwerk soll das Startkapital für unsere neue Zukunft sein."

„Da hat wohl auch deine Galeristin ihre Hände im Spiel. Die wird doch sicher ihren Anteil verlangen", mutmaßt Ohnesorg.

„Larissa gehört natürlich zum innersten Kreis. Sie ist die intelligenteste Frau – neben deiner Exfrau, nebenbei bemerkt –, die ich kenne. Sie weiß, wie man Türen öffnet, Menschen vernetzt und letztlich bei dem ganzen Spielchen namens KUNST zu Geld kommt. Sie ist brillant in der Analyse und setzt ihre Schlussfolgerungen zielstrebig um."

„Und was hältst du von ihm, ich meine von Hugo Königshofer?"

„Ein netter Kerl, echt, man kann kein einziges schlechtes Wort über ihn sagen. Ich hab auch nie was Negatives über ihn gehört. Er ist das Heinzelmännchen von Larissa, ohne ihn würde der Zug entgleisen. Aber ohne Larissa, ohne diese Lokomotive, würde der Zug gar nicht erst ins Rollen kommen."

„Au!", schreit Ohnesorg plötzlich. Ein schmerzhafter Stich in der Fußsohle schreckt ihn auf. *Ist das die Giftnadel, die Spione immer bei sich führen, versteckt unter einem Diamantring?* Er sucht den Blickkontakt zu Mary, *ein letzter Blick?*

„Entschuldige!" Maria reißt entsetzt ihre Hände in die Höhe. Da sich der Ring auf ihrem Finger gedreht hat, kommt auf der Innenseite ihrer Hand ein 20-karätiger Brillant, der als Spitzstein geschliffen ist, zum Vorschein. Sie dreht den Diamanten wieder auf die obere Seite und zeigt ihn mit etwas übertriebener Unschuldsmiene ihrem Onkel, der wieder in sein Kissen zurücksinkt.

„Nun wirst du dein Startkapital ja bald kassieren, wie ich den Medien bereits entnehmen konnte. Deine Installation, diese Inszenierung, das ist ja, ein ... eine riesige ..."

„... Verarschung! Sag es ruhig, wie es ist! Ich habe das Wort noch nicht vergessen. Entschuldige, Onkel Werner, dass ich dich da mit reingezogen habe. Entschuldige, dass ich dich instrumentalisiert habe für meine kleine Inszenierung. Komm, vergessen wir diesen Zwischenfall, trinken wir endlich ein Gläschen auf unser Wiedersehen!" Mary holt aus ihrer Handtasche einen Piccolo Champagner. Sie lässt den Korken knallen, füllt ihrem Onkel das Glas, in dem sie ihm vorher das Wasser gebracht hat, und lässt einen kleinen Rest in der Flasche, um mit ihm anzustoßen. „Auf die Gesundheit! Auf den Neubeginn! Und auf die Zukunft!"

„Nasdrowje!", erinnert sich Ohnesorg nur vage an den russischen Trinkspruch und setzt sein Glas nochmals ab. „Noch eine Frage: Wer ist eigentlich dieser geheimnisvolle Rasputin?"

„Ras Putin, wsegda Putin! Das ist mittlerweile eine geläufige Redewendung in Russland und heißt nichts anderes als: Einmal Putin, immer Putin."

„Ja, aber Wowa Rasputin, das ist ja kein Sprichwort, sondern eine Person, oder?", winkt Ohnesorg verärgert ab.

„Heißt der nicht Wladimir Wladimirowitsch?", fragt Maria, anstatt zu antworten. „Also sa sdorowje und jetzt ex!", drängt Mary ihren Onkel, sein Glas zu leeren, während sie selbst nur an der Flasche nippt. *Diese verdammten doppelten Vornamen bei den Russen, da muss ich wieder Bettina fragen, wer das sein könnte. Wladi... Wladro...,*

Wladiro..., Wladromo... Wie ein Mantra klingen die Worte von Mary, während ihre Stimme sich immer weiter entfernt.

Piepsen, Klingeln, Läuten! Handy, Telefon und Türglocke schlagen gleichzeitig Alarm und wecken den Kommissar. Ein Blick auf den Wecker verschafft ihm Klarheit: 13:57 Uhr, er hat glatt sieben Stunden verschlafen. Wie ein ertappter Schuljunge springt er aus dem Bett und läuft im Pyjama zur Tür.

„Entschuldigung", sagt sein Adjutant, der im Korridor steht, verlegen, obwohl es Sache des Kommissars wäre, sich zu entschuldigen. „Wir haben alles versucht, um Sie zu erreichen. Sind Sie krank? Brauchen Sie etwas aus der Apotheke?"

„Nein, nein. Ich glaube, ich hab gestern wohl ein bisschen zu viel getrunken. Sind Sie mit First und Rasputin weitergekommen? Wir müssen unbedingt eine neue Spur verfolgen: Eric Wonderland. Und ich brauche Hintergrundinfos über die US-Geheimdienstorganisationen."

„Ich glaube, das wird nicht mehr notwendig sein. So wie es ausschaut, ist der Fall abgeschlossen."

„Was heißt abgeschlossen?"

„Rasputin hat offenbar über das russische Außenministerium beim österreichischen Außenministerium interveniert, das österreichische Außenministerium hat beim Innenministerium interveniert, und die Ministerin hat Weisung erteilt, die Installation fachgerecht wiederherzustellen. Wir haben das mit Herrn Doktor Fuhrmann bewerkstelligt. Nur eine Stunde später war ein Lkw von Kunsttrans zur Stelle und hat, wiederum mit Dokumenten des russischen Außenministeriums, die Objekte verpackt und abtransportiert."

Der Kommissar versucht, überrascht zu wirken, und sagt deshalb mit mehreren Pausen: „Wenn das so ist ... kann ich heute ... wohl nichts mehr ausrichten. Ich glaub, ich bleib gleich ... im Bett. Ich danke Ihnen, dass Sie sich herbemüht haben. Wir sehen uns dann ... morgen pünktlich um neun im Büro."

Ohnesorg schlurft zurück ins Schlafzimmer. Auf dem Fernsehtischchen bemerkt er drei Reisepässe: den britischen Diplomatenpass von Wonda McQueen, den russischen Diplomatenpass von Marina Besrodnych und den österreichischen Reisepass von Maria Wonderland. Der Kommissar schlägt Letzteren auf, liest Name, Vorname, Staatsangehörigkeit, Geburtsort, Ausstellungsdatum, gültig bis ... Der Kommissar stockt: gültig bis 17.09.2009. Das war Donnerstag, der Tag der Vernissage von ‚7 KünstlerInnen‘. Und da liegt auch noch eine Mappe, fast im gleichen Farbton wie das Nussholztischchen, handgebunden, mit der Aufschrift:

Damien First. Mein Testament.

Kapitel 13 – Das Testament

Prämisse

1. Wissen ist Macht. Dieses Zitat von Francis Bacon ist bekannt, hat sich historisch allerdings überholt. Heute gilt eine modifizierte Wahrheit: Insiderwissen ist absolute Macht. Und nur absolute Macht kann im Zeitalter der Demokratisierung des Wissens und der Demokratisierung der Machtverhältnisse etwas bewirken, kann Menschen bewegen, steuern, mit einem Wort: manipulieren.

2. Der weltweite Finanzmarkt ist ein Beispiel dafür, dass absolute Macht existiert und wie sie wirkt. Nicht die Idioten, die wie die Nachtfalter zum Licht flattern, wenn irgendwo ein neues Finanzprodukt aufleuchtet, machen große Gewinne, sondern nur jene, die ein Finanzprodukt kreieren und den Markt so weit manipulieren, dass er es kauft. Die Insider sind dabei die Einzigen, die wissen, was eigentlich der Inhalt ihrer Finanzpakete ist.

3. Das Wissen der Insider ist absolut im folgenden Sinne: losgelöst vom allgemein zugänglichen, per Internet abrufbaren Wissen. Das Wissen der Insider ist auch insofern absolut, als es losgelöst von der Realwirtschaft enorme Transaktionen auslöst, die nur den Verursachern der Transaktionen nutzen, nicht aber jenen, die diese Transaktionen durchführen. Es bleibt den Insidern vorbehalten, dieses Wissen zu verstehen, schon allein deshalb, weil sie dieses Wissen selbst produziert haben, mit ihren eigenen Codes, mit ihren eigenen Idiomen, mit ihrer eigenen Grammatik. Dies gilt für den Finanzmarkt gleichermaßen wie für den Kunstmarkt, wobei manche Produkte des Kunstmarktes in Wahrheit Derivate des Finanzmarktes sind. Derivate wie Futures, Optionen, Swaps, die zur Risikostreuung in ein Investmentportfolio aufgenommen werden. Deshalb wird der Preis einzelner Kunstwerke, die für mehrstellige Millionenbeträge verkauft werden, nicht nach den Prinzipien der Kunstwelt, sondern nach den Prinzipien der Finanzwelt festgesetzt.

4. In der Finanzwelt müssen permanent Milliardenbeträge veranlagt werden. Dabei werden Produkte gewählt, die hohe Renditen versprechen, oder solche, die Sicherheit versprechen. Kunstwerke als Finanzmarktderivate versprechen beides. Damit Kunstwerke den Anforderungen des Finanzmarktes entsprechen, um als Assetklasse in einem Portfolio infrage zu kommen, müssen sie überdurchschnittlich teuer sein, denn ein Fonds kann nicht tau-

sende Einzelwerke kaufen und dann umständlich verwalten und lagern, bis er sie wieder verkauft. Er kann aber sehr leicht hunderte Millionen Dollar lockermachen, um ein einziges Kunstwerk zu erwerben, das dann idealerweise in einem Museum ausgestellt wird. Mit einer Dauerleihgabe macht der Finanzinvestor Imagewerbung für sich und Werbung für sein Investment. Er spart ganz nebenbei den Aufwand für Lagerung und Versicherung.

5. Das Kunstwerk als Finanzmarktderivat muss folgende Kriterien erfüllen: Es muss einzigartig sein, und es muss weltbekannt sein. Wie können Werke mit diesen Kriterien aus der Masse der Kunstproduktion herausgefiltert werden? Einerseits will jeder Künstler einzigartig sein, andererseits sind nur wenige weltbekannte Künstler wirklich einzigartig. Dieser immanente Widerspruch kann lediglich durch effiziente Propaganda beseitigt werden. Effiziente Propaganda braucht neben überzeugten Propagandaministern auch die gläubigen Mitläufer. Die Propagandaminister der Finanzwelt sitzen in den führenden Banken, in der Weltbank und in den Nationalbanken, die Propagandaminister der Kunstwelt sitzen in den führenden Museen, in Auktionshäusern und an der Spitze wichtiger Sammlungen.

6. Einzigartigkeit kann erreicht werden, wenn Insider einen Künstler und sein Werk gleichsam heiligsprechen. Teil dieser Heiligsprechung ist der Aufbau eines Geniemythos. Einzigartigkeit kann aber auch erreicht werden durch gezielte Tabubrüche, die ein Künstler begeht und medienwirksam vermarktet. Solche Tabubrüche werden immer schwieriger, weil die Tabus in unserer Gesellschaft immer weniger werden – auch deshalb, weil die meisten Tabus von der Kunst bereits gebrochen wurden.

7. Dieses Testament gibt keine moralischen Bewertungen ab, ob der Status quo gut oder schlecht bzw. gut oder böse ist. Es beschreibt nur den Status quo und leitet daraus ein Konzept ab, wie man in den Kreis der Insider vordringen kann, um ihre Macht für die eigenen Interessen zu instrumentalisieren.

Conclusio

1. Ziehe die Autorität und Macht der Insider nie in Zweifel! Nur wenn du an sie glaubst, kannst du erreichen, dass sie an dich glauben.

2. Versuche nicht, dich von unten nach oben zu arbeiten! Du kannst die Insider nur auf der Ebene erreichen, auf der sie selbst stehen, an der Spitze, im Olymp.

3. Es gibt keine vertikale Durchlässigkeit von unten nach oben, aber eine horizontale Durchlässigkeit. Deshalb verschaffe dir eine Spitzenposition, egal in welchem Bereich!

4. Spitzenpositionen kann man sich nicht erarbeiten, sondern nur verschaffen. Dies funktioniert am einfachsten durch gute Beziehungen zu Menschen, die dich in Spitzenposition heben. Das bedeutet, du musst nur wenige Menschen manipulieren, um dein Ziel zu erreichen. Oder es funktioniert durch Spitzenleistungen. Das bedeutet, du musst viele Menschen oder sogar die gesamte Menschheit manipulieren, um dein Ziel zu erreichen.

5. Spitzenleistungen sind nur in wenigen Bereichen messbar und objektivierbar. In allen anderen Bereichen sind Spitzenleistungen Ergebnis subjektiver Bewertungen. Die subjektiven Bewertungen hängen von vielen Faktoren ab: Mode, Zeitgeist, Geschmack, politische Einstellung, gesellschaftliche und wirtschaftliche Verhältnisse.

6. Konzentriere dich auf jene Faktoren, die du am besten beeinflussen kannst!

7. Definiere die Spitze, die du erreichen kannst, um von dort auf Augenhöhe zu den Insidern vorzustoßen!

Instruktion

1. Formiere eine Gruppe von Künstlern und Künstlerinnen, am besten sieben an der Zahl! Die Sieben ist ideal, weil sie symbolisch aufgeladen ist und außerdem gruppendynamisch am besten zu lenken ist.

2. Kreiere mit den sieben Künstlern ein Projekt, das alle bisherigen technischen, wissenschaftlichen, moralischen und damit auch künstlerischen Grenzen überschreitet! Dafür muss jedes Mitglied der Gruppe bereit sein, die Grenzen seines eigenen Lebens zu über-

schreiten. Grenzüberschreitung ist immer Tabubruch, Tabubruch ist immer Grenzüberschreitung!

3. Ein Tabubruch, der immer wirkt, weil er Schuldgefühle auslöst, ist Selbstmord. Ein Tabubruch, der immer wirkt, weil er Skandale auslöst, ist Mord. Inszeniere sieben Selbstmorde so, dass sie aussehen wie Morde, oder umgekehrt! Konserviere die leiblichen Überreste der sieben Künstler wie medizinische Präparate!

4. Engagiere einen Galeristen, der deine Inszenierung ohne Fragen oder Einwände ausstellt! Der Ort der Präsentation muss vom Tatort möglichst weit entfernt sein

5. Verknüpfe mit dem Projekt einen Namen als Anspielung auf einen Insider, einen bereits kanonisierten Künstler, und versuche, Verdachtsmomente auf ihn zu lenken!

6. Nutze das Interesse der Medien um zu lancieren, dass das Kunstprojekt zu einem exorbitant hohen Preis verkauft wird. Mache es für Finanzhaie zum Objekt der Begierde, indem du für die Versteigerung das größte Auktionshaus der Welt engagierst!

7. Lasse die Big Player in einer Auktion gegeneinander antreten und sorge dafür, dass deine eigenen Leute den Auktionsprozess mit ihren Geboten so weit nach oben treiben, dass ein noch nie dagewesenes Auktionsergebnis erzielt wird!

Damien First, am 11. September 2008